테미스

테미스

박문서 지음

서울대학교출판문화원

저자의 말

건설 산업은 분명히 GDP 공헌도나 고용 창출이라는 면에서 국가의 기간이 됩니다. 그런 면에서 우리 국민이라면 누구나 건설 산업에 관심을 가질 필요성이 있습니다. 이에 필자는 이 분야를 깊이 있게 공부한 사람으로서, 이 책을 통해 건설 산업에 대한 이해를 돕고 싶었습니다. 다른 것에 앞서 건설 산업을 이해하는 데 필수적인 발수 체계와 그것의 근간을 이루는 건설 문화를 중심으로 이야기를 풀어나갔습니다.

특히 건설인을 꿈꾸는 학생들이나 건설인으로 커가는 이들에게 책상에 앉아서는 배울 수 없는 생생한 건설 현장의 이야기를 들려주고 싶었습니다. 이를 소설이라는 형식으로 표현한 것은, 강의실에서의 이론적 설명만으로는 그 생동감과 현장감을 충분히 전달할 수 없겠다고 판단했기 때문입니다.

세상에 단 하나뿐인, 완벽한 정답이란 현장에서는 찾아볼 수 없습니다. 문제가 발생하면 그것을 수정 보완하려 노력하고, 그러다 보니 관련 제도가 자꾸만 복잡해지기도 하지요. 그래도 문제를 풀어보려는 노력이 변증법적으로 발전하려면 반드시 필요한 요소가 있습니다. 그것이 바로 이 책의 제목이자 그리스 신화 속 여신의 이름이기도 한 '테미스'입니다. 책을 읽으며 그 이름이 의미하는 바를 찾아내실 수 있었으면 합니다.

주인공인 수교를 통해서는 다소 실패와 좌절이 있더라도 늘 적극적으로 나아가는 인물을 그려보려 하였습니다. 수교의 모습은 열정을 가지고 사회에 입문하는 모든 젊은이들의 모습이기도 합니다. 이 책이 인생 설계로 고민 중인 많은 젊은이들을 포함하여 보다 많은 이에게 친근하게 다가가, 건설 산업과 문화에 대한 관심과 긍정적 인식을 심어주기를 바랍니다.

끝으로 시놉시스 작성과 자료 수집에 도움을 준 서울대학교 건설기술연구실의 강성훈, 김현수, 전명희, 김정석 연구원과, 원고의 초고 작업을 도와준 서울대학교 국어국문학과의 김영미, 이수향 석사 과정에게 진심으로 감사의 말을 전합니다.

추천의 말

건설 산업 종사자이자 한 사람의 경영자로서 건설 산업의 경쟁력 향상을 위해 나름대로 노력해왔다. 이러한 맥락에서 선진 경영 기법인 CM(건설 사업 관리)을 업으로 하는 회사를 창업하게 되었고, 이를 일반 대중이 쉽게 이해할 수 있도록 하기 위해 고심해왔다.

이 책을 읽어가면서 이런 나의 고민을 해결하는 데 큰 도움을 얻을 수 있었다. 저자는 소설 형식을 빌려 마치 한 편의 드라마처럼 짜임새 있으면서도 감성을 자극하는 흥미진진한 스토리를 구성하였다. 뿐만 아니라 건설 산업에 종사하는 이를 포함해 모든 직업인이 갖춰야 할 경영 원칙, 기본자세를 훌륭하게 담아냈다. 책의 전면에 등장하는 교수의 가르침을 통해 멘토의 중요성 또한 잘 보여주었다.

건설 산업의 빛과 그림자라 할 양 측면 모두를 균형 있게 담아낸 이 책을 통해 건설 산업 종사자는 우리 산업이 당면한 과제를 이해하고, 공학도는 미래 한국의 건설 산업 발전을 위한 과제를 인식하였으면 한다. 더 나아가 청소년들이 이 책을 읽고 공학도의 꿈을 키울 수 있었으면 하는 바람도 가져본다.

㈜한미파슨스 회장 김종훈

건설 산업은 국가 경쟁력 측면에서 매우 중요한 요소이나, 여전히 3D산업, 노동집약적 산업, 비리와 부실시공의 온상이라는 오명을 벗지 못하고 있다. 평소 건설 산업의 가치를 강조하는 한 사람으로서, 새로운 시각으로 건설업을 그려낸 이 책을 만나게 되어 반갑기가 그지없다.

기존의 건설 관련 서적과 비교한다면, 딱딱한 형식을 벗어난 이 책이 조금 가볍게 느껴질 수도 있을 것이다. 그러나 이 책에는 정말 중요하지만 어디서도, 누구에게도 듣기 힘든 중요한 메시지가 담겨 있다. 건설인을 꿈꾸는 새내기 공학도도 이 책을 다 읽고 나면 건설 전문가가 된 느낌일 것이다. 그리고 건설업 종사자가 실제 어떤 생각과 고민을 가지고 있는지 조금이나마 실감하게 될 것이다. '투명성이냐 효율성이냐, 공익성이냐 수익성이냐, 대기업 육성이냐 중소기업 보호냐' 같은 난해한 문제를 개성 있는 캐릭터가 펼치는 상황으로 재구성하며 균형의 중요성을 강조하는 이 책이야말로 건설 산업을 이끌어갈 꿈나무를 육성하기 위한 Perfect Solution이 아닐까? 건설 문화의 선진화를 위해 건설 관련 전공자와 비전공자 모두 이 책을 읽고 건설에 대한 새로운 시각을 가졌으면 한다.

㈜태영건설 대표이사 김외곤

차례

저자의 말 … 4

추천의 말 … 6

Prologue … 11

서울시립박물관: 공정 경쟁의 장 … 39

상담: 재고 관리의 비밀 … 75

해운대: NSPS … 91

상담: 회장님 … 127

우면산 터널: 명확한 입찰 조건 … 145

SEE THE UNSEEN … 161

171 ··· 협상

193 ··· 지리산: 산 넘어 산

211 ··· 인천 국제공항: 다윗의 도전

249 ··· 재입찰: 테미스

277 ··· Over the Limit

305 ··· Epilogue

본 소설에 등장하는 인명과 사건은 실제와 아무런 관련이 없습니다.

Prologue

/

> **당신은 실패를 경험한 적이 있습니까?**

한 다이어리 광고의 문구였다. 당신이 실패를 경험한 적이 있다면 그것은 당신이 시간 관리를 못해서라고, 그러니 어서 이 다이어리를 사서 열심히 계획을 짜고 할 일들을 적어 넣어야 한다고, 그렇게 한다면 다시는 실패하지 않을 거라고. 광고의 문안은 단순했고, 큰 활자와 작은 활자들이 기묘한 동심원을 그리며 브랜드의 로고를 나타내고 있었다. 시선을 잡아끈다는 점에서 좋은 광고라는 생각이 들었지만, 수교는 어쩐지 멍한 표정으로 그 광고판을 바라보며 중얼거렸다.

"다시는 실패하지 않을 거라고?
사람 일이 그렇게 세세하게 적어 넣은 대로, 계획대로만 된다면야…….
대학에 입학했을 때만 해도 완벽해 보이던 내 인생이 도대체 어디부터 조금씩 빗나가고 있던 걸까."

"이번 역은 사당, 사당역입니다. 내리실 문은 오른쪽입니다. 서울역, 상계나 과천, 안산 방면으로 가실 손님은 이번 역에서 4호선으로 갈아타시기 바랍니다. This stop is Sadang, Sadang. You may exit……."
지하철 좌석에 몸을 싣고 단잠을 즐기던 수교는 환승역을 알리는 새소리에 흠칫 놀라 깨고 말았다. 비몽사몽간에 들린 새소리 때문에 역 이름을 알리는 부분은 제대로 듣지 못했다.
'뭐야, 여긴 어디지?'
수교는 혹시 목적지를 지나치지는 않았나 싶어 허둥거렸다. 맞은편 좌석에 앉아 있던 아주머니가 그런 수교를 한심하다는 듯이 힐끔거리고는 지하철 문이 닫힐세라 종종

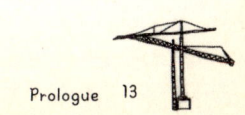

Prologue

걸음을 재촉하였다. 수교는 열린 문이 닫히는 틈새로 '사당'이라는 글씨를 확인하고 안도의 한숨을 내쉬었다. 그리고 나서야 유리창에 자신의 모습을 비추어보며 옷매무새를 가다듬었다.

출퇴근 시간에는 발 디딜 틈 없는 2호선도 평일 오후에는 제법 한산했다. 주위를 휘휘 둘러보는 수교의 눈에, 방금 전까지의 수교처럼 넥타이 차림으로 정신없이 잠을 청하고 있는 한 남자가 보였다. 한 커플이 남자의 입술에 고드름처럼 달려있는 침이 흘러 떨어지기를 기다리며 킥킥대고 있었다. 수교는, 몇 초 전 자신의 모습과 다를 바 없는 남자를 민망한 상황에서 구하고 싶어졌다.

"흠, 흠……"

수교의 괜한 헛기침에 맞은편 남자가 움찔하며 잠을 깼다. 눈을 비비며 일어난 남자 역시 수교처럼 당황하며 창밖을 확인하려고 했다.

"덜커덩"

남자가 뒤돌아 창밖을 보는 순간, 열차가 멈추어버렸다. 남자의 뒷모습에서 당황스러움을 느낀 수교 역시 무슨 일인가 싶어 창밖을 내다보았지만 보이는 건 어두컴컴한 터널뿐이었다. 지하철 안의 정적을 깬 것은 미리 녹음된 상냥한 음성의 안내 방송이 아니라, 지하철 차장의 무료하게 느껴지는 목소리였다.

"손님 여러분께 안내드리겠습니다. 열차 고장으로 인해 잠시 정차 중입니다. 빠른 시간 안에 점검을 마치도록 하겠습니다. 손님 여러분의 양해 부탁드립니다."

'뭐야……. 역시 미리 나오길 잘했군.'

외근을 나온 차였던 수교는 여유를 두고 출발하길 잘했다고 생각하며 느긋하게 자리를 잡았다. 그러나 맞은편에서 침 흘리던 남자는 당황한 얼굴이 더욱 달아올랐다. 휴대폰을 꺼내어 시간을 확인하면서 안절부절못하고 있었다. 그런 남자를 보던 수교는 문득 3년 전 이맘때, 자신의 모습이 떠올랐다.

'그때 제시간에 도착만 했다면…….'

3년이 지난 일인데도 마치 어제처럼 생생하게 느껴지는 그날. 발을 동동 구르는 맞은편 남자의 모습에서 그날의 자신을 발견한 수교는 진한 아쉬움이 밀려오는 것을 느꼈다.

2

사실 지난날을 되돌아보면 수교는 실패를 모르고 살았다고 해도 과언이 아니었다. 어렸을 때부터 워낙 머리가 좋아서 여섯 살 때 이미 천자문을 뗐고 초등학교 저학년 때는 영어로 된 책을 읽는 데 크게 어려움이 없을 정도로 신동 소리를 들으며 살아왔다. 그래서 다른 아이들보다 적은 노력을 들이고서도 중·고등학교 시절 내내 1등을 놓치지 않았다. 그러다보니 자기 공부에만 매달려 다른 친구들과의 관계에 소홀한 보통의 우등생들과 달리, 점심시간이나 방과 후에 늘 친구들과 농구를 즐기며 어울릴 수 있었다. 그러한 사교성과 타고난 쾌활함 덕분에 선생님과 친구들도 모두 수교를 신뢰했다. 그래서 적극적으로 유세를 하지 않고서도 학생회장에 당선되었다.

고등학교 3학년이 되자 다른 친구들은 모두 입시 때문에 스트레스를 받았으나, 수교는 스스로에 대한 확신이 있었기에 공부 자체로 힘들어하지 않았다. 오히려 주위에서 자신의 합격을 너무 당연하게 여기는 분위기가 부담스러웠을 뿐이다. 실패를 경험한 적이 없다는 사실이 그 자체로 걱정을 불러일으킨 것이다. 수교는 당연한 것이 당연하지 않게 되었을 때, 그 '이변'이 몰고 올 파장에 대해서 우려하지 않을 수 없었다. 하지만 다행히도 그러한 '이변'은 없었다. 신은 수교 인생의 중대한 관문 중 하나인 입시에서도 수교를 골탕 먹이지 않았다. 결국 좋은 성적에 학생회장 경력까지 더해져 무난히 자신이 지망하던 서울대 건축학과에 합격하게 되었다. 역시나 주변에서는 다들 칭찬 일색이었다. 합격 이후 수교가 가장 많이 들었던 말은 '그럴 줄 알았다.'였다. 수교는 자신이 가졌던 일말의 불안감 따위는 전혀 내비치지 않은 채 별것 아니라는 듯 무심한 척 대응했다.

**'그래, 그때는 세상을 다 가진 기분이었지.
행운의 신은 늘 내 편인 것만 같았고.'**

수교는 한숨을 쉬며, 잠시 빠졌던 상념에서 벗어나 주변을 둘러보았다. 몇몇밖에 남지 않은 지하철의 승객들은 다들 저마다의 생각에 잠긴 듯 조용했고 아까 자신을 보며 킥킥대던 연인도 이미 내리고 없었다.

내심 합격의 기쁨을 느끼면서도 별것 아니라는 듯이 행동했던 그 시절, 당시만 해도 자신이 얼마나 순진했던가를 생각하며 수교는 쓴웃음을 지었다. 수교가 합격한 학교에서는 신동이니, 전교 1등이니 하는 과거는 자랑거리도 아니었다. 누구나 그랬으니까. 문제는 그 다음부터였다. 물론 대학은 성적에 따라 학생을 일렬로 세우던 고등학교와 달랐지만, 잘하는 학생과 그렇지 않은 학생, 그리고 매우 뛰어난 학생과 그저 그런 학생 사이의 구분이 명백했다. 수교는 시험을 위해 난생 처음으로 다른 학생들을 의식하면서 공부를 해보았다. 과제를 제출하기 위해 며칠 밤을 새우며 '정말 내가 노력하고 있구나.'라고 느낀 것도 처음이었다. 오랫동안 공들인 과제가 좋은 결과물이 되어 인정을 받을 때 느끼는 희열 역시 그때 처음 맛보았다. 수교는 자신이 평생을 걸 만한 일을 찾은 것 같아 즐거웠다. 그런 감정은 이전에 느껴보지 못한 것이었다. 힘들어도 가슴속에는 늘 뿌듯한 감정이 가득 차 있었다.

물론 노력한 결과가 늘 좋지만은 않아서 좌절할 때도 있었고, 아무리 최선을 다해도 넘어설 수 없는 다른 친구 때문에 질투에 가까운 감정을 느끼기도 했다. 특히 나영웅이라는 동기를 이겨보려고 무던히도 애를 썼던 기억이 났다. 많은 어려움이 있었지만, 그래도 최선을 다했을 때의 희열을 떠올릴 때마다 수교는 다시 일어날 수 있었다.

그렇게 치열하게 공부했던 대학 생활을 마치고, 다음 관문인 취직도 수교는 역시 무난하게 통과했다. 국내 굴지의 건설업체인 삼풍산업개발에 입사하였던 것이다. 처음 사회에 나와 겪는 어려움이라든가 불편함은 있었지만, 수교는 거칠 것 없이 앞으로 나아갔다. 아무래도 학생 때보다 더욱 책임감이 요구되었기 때문에 수교는 자신이 맡은 일은 무슨 일이 있어도 해내려고 노력했다. 그러한 성과를 인정받아 입사 5년 만에 과장이 되는 초고속 승진도 이루었다. 그러한 수교에게 회사에서도 점차 중책을 맡기기 시작했다. 그리고 드디어 회사의 사활이 걸린 서울시립박물관 입찰을 위한 프로젝트 팀에 선발되기에 이르렀다.

시립박물관 입찰은 그 준비만으로도 엄청난 돈과 시간, 인력이 필요한 일이었다. 10~20억 원이 동네 강아지 이름처럼 불렸다. 회사 입장으로서는 그만큼의 위험을 감수할 정도로 공사를 수주[1]하는 것이 중요했다. 수교는 집을 오가는 시간마저 아까운 생각에 사무실에서 먹고 자면서 입찰을 준비하였다. 까다로운 발주 조건을 맞추어가면서 최선의 설계도를 준비하였고, 모든 준비는 순풍에 돛 단 배처럼 순조로웠다. 수교를 비롯한 삼풍산업개발 프로젝

---

[1] 수주와 발주
어떤 제품의 주문을 내는 것을 '발주'라 하고, 주문을 받는 것을 '수주'라 한다. 건설 산업에서는 건축주(발주자)가 건설 프로젝트를 발주하고, 건설기업은 이를 수행하기 위해 해당 프로젝트를 수주한다.

트 팀은 입찰 전날 밤까지만 해도 자신감에 취해 있었다.

"자, 인자 내일 설계도만 인쇄하면 끝이가?"

"네, 팀장님! 시방서[2]랑 다른 서류는 모두 준비되었습니다."

"됐다! 이대로만 하면 입찰은 문제없다. 내일은 술 먹고 뒤지는기다. 집에 갈 생각하지 마라이!"

"집에 갈 생각 안 한 지는 꽤 오래 됐는데요?"

그러나 농담을 주고받는 여유는 입찰 당일 오전에 걸려온 전화 한 통으로 깨져버렸다.

"성 과장님! 지금 어디십니까?"

"이제 회사 로비야. 아직 입찰 시간까진 세 시간이나 여유 있잖아."

"큰일입니다. 인쇄소에서 연락이 왔는데 설계도 인쇄에 문제가 있는 모양입니다."

"뭐? 그게 무슨 소리야?"

"기계가 고장을 일으켜서 지금 수리 중이랍니다. 수리에만 최소한 한 시간은 걸릴 테고 인쇄 완료까지 두 시간은

---

2 시방서(specification)
건물을 축조하기 위해 기본적으로 이용되는 정보는 도면이다. 그러나 도면상에 표현하기 어려운 부분(공법, 자재의 성질, 유의사항 등)들은 글로 기술하여 별책으로 첨부하게 되는데, 이를 시방서라 한다. 시방서에는 사용되는 재료와 시공 방법 등을 기술하여 놓은 공법시방과 성능만을 규정하는 성능시방이 있다.

더 걸린다고······."

수교는 전화기 너머 이야기가 끝나기도 전에 전화를 끊고 사무실로 뛰어 올라갔다. 이게 무슨 날벼락이란 말인가. 예정대로라면 설계도는 한 시간 내로 사무실에 도착해야 했다. 삼풍산업개발 프로젝트 팀은 설계도를 가지고 여유롭게 입찰 장소로 출발할 계획이었다. 전혀 예상치 못했던 기계 고장은, 최악의 시나리오로 이어질 수도 있었다. 입찰에서 탈락하는 것도 물론 상상하기 싫은 경우지만, 입찰에 아예 참여도 못 해본다는 것은 상상할 수 없는 일이었다. 수교는 입술이 바싹 타들어가는 것을 느꼈다. 연락을 받은 삼풍산업개발 프로젝트 팀원들은 30분 안에 사무실로 모여들었다. 그러나 뾰족한 수를 가진 사람은 없었다.

"어쩔 수 없다. 일단 일부가 인쇄소 쪽으로 가서 대기하고 있다가 설계도가 나오면 즉시 입찰 장소로 이동하자. 다른 서류는 우리가 챙겨서 먼저 이동하고, 성 과장 니는 인쇄소로 가서 설계도를 받아온나. 완성되는 대로 들고 오면 시간을 맞출 수 있을끼다. 됐나?"

팀장의 말에 모두 비장하게 고개를 끄덕였다. 수교도 마찬가지였다. 이번 입찰에 회사 측에서 얼마나 기대를 거는지, 얼마나 많은 비용과 시간을 투자했는지 너무나 잘

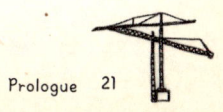

알고 있었다. 사무실에 흐르는 비장한 공기는 당연한 것이었다.

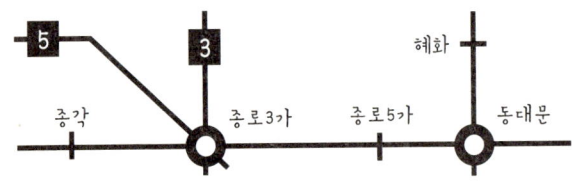

종로에 있는 인쇄소까지 어떻게 갔는지 기억나지 않았다. 인쇄소의 후끈한 열기가 느껴지자 수교는 비로소 도착했음을 알았다. 그러나 현장에서 수교가 할 수 있는 일은 아무것도 없었다. 설계도를 꾸역꾸역 내놓는 기계와 째깍거리며 무정히 흘러가는 시계를 번갈아 보며 초조한 마음으로 기다릴 뿐이었다. 팀장에게서 10분마다 상황을 체크하는 연락이 왔지만 수교는 '아직'이라는 똑같은 대답을 반복할 수밖에 없었다. 10분이 마치 10년처럼 느껴졌다. 커다란 기계가 설계도를 모두 뱉어낸 것은 입찰 마감 시각이 정확히 18분 남았을 때였다. 수교는 설계도를 가지고 인쇄소를 빠져나와 바람처럼 달렸다.
"팀장님! 지금 출발합니다!"

"그래! 길바닥은 사정이 어떻게 될지 알 수 없으니까, 지하철로 오그라이. 몇 정거장 안되니까 마감 시간을 맞출 수 있을끼라!"

수교는 비장한 마음으로 설계도 더미를 안고 달리기 시작했다. 지하철을 기다리는 몇 분 동안 수교의 머릿속에는 입찰을 준비하며 지새운 밤이 주마등처럼 지나갔다. 얼마나 많은 시간을 고민하며 공들여온 입찰인가.

"열차가 들어오고 있습니다. 안전선 밖으로……."

열차의 진입을 알리는 방송에 정신을 차린 수교는 고개를 젓고 다시 한 번 굳게 다짐했다. 어떻게든 마감 시간에 맞추고야 말겠다고.

3

누가 앞지를세라 지하철에 올라탄 수교는 자리에 앉지도 못하고 노선도 앞에서 서성이며 남은 거리를 계산했다. 오른쪽으로 문이 열리는 것을 확인하고 한 발짝이라도 걸음을 줄이기 위해서 계단과 가장 가까운 7-3번 문 앞으로 이동했다.

'좋아. 이대로만 간다면, 아슬아슬하긴 하지만 마감 시간

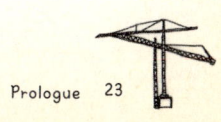

을 맞출 수 있겠어!'

수교는 희망을 느꼈다. 어쨌거나 마감 시간만 맞춘다면 오늘 일어난 이 모든 일은 해프닝으로 처리될 것이다. 술자리의 훌륭한 안주거리가 될 무용담이 추가되는 것은 나쁘지 않았다. 이제 한 정거장이다. 수교는 팽팽한 긴장을 즐기며 지하철을 빠져나가서 달려가야 할 동선을 생각했다.

수교가 달리기 선수처럼 문 앞에 선 그 순간 갑자기 열차가 덜컹거리며 멈췄고, 그는 중심을 잃고 말았다. 생명보다 소중한 설계도를 떨어뜨릴 수 없었던 수교는 우스꽝스럽게 휘청거리면서도 넘어지지 않고 버텼다. 그러나 지하철은 가만히 멈춘 채 움직이지 않았다. 수교는 눈앞이 캄캄해졌다. 창밖을 내다보았지만 칠흑 같은 어둠뿐이었다. 수교는 아득해지는 것을 느꼈다.

> "손님 여러분께 안내 말씀 드리겠습니다.
> 열차 고장으로 잠시 정차하고 있습니다.
> 빠른 시간 안에 운행을 재개하겠습니다.
> 손님 여러분의 양해 부탁드립니다."

수교의 귀에는 '고장'이라는 단어만 맴돌고 있었다. 오늘 하루 종일 이 단어가 자신을 따라다녔다. 양해 따위는 해줄 수 없었다. 그것은 수교에게 사형 선고와 마찬가지였다. 그러나 지금 수교가 할 수 있는 일은 아무 것도 없었다. 꽉 조여진 검은색 구두의 리본 매듭은 절대 벗겨지지 않겠다고 깍지를 꼈지만, 움직이지 않는 지하철 안에서는 모두 부질없는 일이었다.

계속 울려대는 전화를 받을 새도 없이, 수교는 지하철역에서 전력으로 달려 입찰 장소에 도착하였다. 지하철은 5분 남짓 연착했다. 그러나 그 5분이 수교의 인생을 바꾸었다. 이미 마감 시간은 지난 후였다.

수교와 삼풍산업개발 프로젝트 팀원들은 백방으로 뛰어다니며 입찰에 참여할 수 있는 방법이 없는지 알아보았다. 팀장은 발주자 측에 사정을 이야기하고, 다른 팀원은 경쟁사들에 머리를 숙이며 부탁했다. 그러나 발주자 측에서는 불분명한 태도를 보였고, 경쟁사들도 서로 눈치만 보면서 미루는 형편이었다. 그런 식으로 시간이 흐르고 결국 입찰은 삼풍산업개발을 빼고서 진행되었다. 삼풍산업개발은 공들인 설계를 펼쳐 보일 기회조차 얻지 못했다. 수교를 비롯한 삼풍산업개발 프로젝트 팀원들은 허탈한 마음에 텅 빈 입찰 장소에서 떠나지 못했다. 아무도 말이 없었다. 눈물도 없었다. 그것이 프로젝트 팀의 마지막이었다. 서울시립박물관 입찰의 실패는 회사에 커다란 타격이 되었다. 그 일에 대한 책임을 물어 팀장을 비롯한 삼풍산업개발 프로젝트 팀원 대부분은 회사를 떠나야 했다. 수교도 자의 반 타의 반으로 사표를 쓰고 회사를 그만두었다.

수교는 한동안 주변과 연락을 끊고 지냈다. 처음 당하는 '이변' 앞에서 수교는 어떻게 대처해야 할지 알 수 없었다. 그저 멍하니 앉아서 먼 산이나 바라보는 날이 계속되었다. 한 번도 겪어보지 못했던 실패란 쓰디썼다. 아무리 주변에서 위로해주고 다독여주어도 수교는 도무지 실패를 인정할 수 없었다. 아무리 잊으려고 해도, 수많은 사람의 노력이 물거품이 되어버린 그날의 기억은 생생하게 되살아나기만 했다. 억울한 생각도 들었다. 왜 실패했는가. 무엇이 실패하게 만들었는가. 도무지 명확한 답이 나오지 않았다. 더욱 견딜 수 없는 것은, 이 실패에서 영원히 헤어 나오지 못할 수도 있다는 우려였다. 설마, 이대로 끝이 나는 건 아니겠지. 인생의 초반부에 반짝하다가 이름도 없이 사라져간 수많은 사람들처럼 낙오자로 나머지의 삶을 살아간다는 것에 대한 불안, 자신과 같이 공부했던 동기들이 자신과는 달리 승승장구한다는 것에 대한 질투와 오기. 수교는 정신이 번쩍 들었다. 이대로 끝을 내고 싶진 않았다.

4

수교가 인생의 첫 실패로 남은 그날의 기억을 떠올리며 쓸쓸한 웃음을 짓는 사이, 열차는 다시 갈 길을 향하였다. 맞은편의 남자는 그새 내렸는지 이미 눈앞에 보이지 않았다. 수교는 마음 한편에서 서늘함을 느꼈다. 사고 후 경력직으로 입사한 다윗개발에서 다시 한 번 열심히 해보기로 마음먹었지만, 지나간 이태도 별다른 실적 없이 막막하기만 했다.

"이번 역은 서울대입구, 서울대입구역입니다. 내리실 문은 왼쪽입니다. This stop is……."

익숙한 정차역은 바로 자신의 모교였다. 가물가물한 기억 속에서 한 분의 교수님이 떠올랐다.

> *"수교 군, 건물에 선크림을 바르는 거에 대해 어떻게 생각하나?"*

언제나 학생에게 엉뚱한 질문을 던지던 교수였다. 처음에는 자꾸만 이상한 질문을 해대는 교수가 부담스러워서 다른 수업을 들으려고도 했다. 하지만 수업을 들을수록 그러한 질문이 공허한 말장난에 그치지 않는다는 것을 알게 되었다. 처음 들을 땐 장난처럼 들려 킥킥대고 웃고 말지만, 수업이 끝난 후에도 교수의 질문은 늘 머릿속을 맴돌았다. 직설적인 답을 던져주기보다는 늘 스스로 답을 찾아내게 하는 교수의 방식에 수교는 점점 매료되었다.
"네, 선크림은 건설섹시공학의 주요 화두가 되는 아이템으로……"
"그렇지! 자네에게선 공학도의 자질이 보이는구만!"
이후에는 매학기 그분의 수업을 찾아 듣기도 했다. 그분은 지금 무얼 하고 계실까. 어쩐지 그분이라면 자신의 고민을 헤아려줄 것 같았다. 수교는 어느새 지하철역에서 나와 버스를 타고 학교로 올라가고 있었다.

그러나 버스의 창밖으로 정문을 바라볼 때만 해도 교수를 만나서 해답을 얻을 수 있으리란 기대감에 부풀었던 수교는, 막상 교수의 연구실 앞에 이르자 다시 돌아가고 싶어졌다.
'벌써 졸업한 지 몇 년인데. 여태 날 기억하실 리가 없잖아? 어쩌자고 무턱대고 찾아왔지? 역시 돌아가야겠어.'
청바지 차림의 학생들이 시끌벅적하게 지나가는 복도에서 수교는 자신의 양복 차림이 이곳에 어울리지 않는 것을 느꼈다. 그래서 자신의 무모함을 탓하며 발길을 돌리고자

했다. 그때 교수의 연구실 문이 벌컥 열리며, 익숙한 얼굴이 밖으로 나왔다. 그는 7년 전과 전혀 다름이 없는 교수였다. 당황한 수교는 어찌할 바를 몰라 뒷걸음질 쳤다.

"무슨 일이십니까?"

온화한 미소를 띠고 먼저 말문을 연 것은 교수였다. 머뭇거리던 수교는 일단 습관대로 자신의 명함을 건네고 이야기를 시작했다.

"저는 다윗개발에 다니는……"

그러나 명함을 받아든 교수가 바로 수교의 말을 끊었다.

"음……. 다윗개발이라면 어제도 다녀가셨고……. 안된다고 충분히 얘길 한 것 같은데 또 다른 분이 찾아오셨군요."

"아, 아닙니다. 교수님. 저 모르시겠습니까? 저 교수님 제자인 성수교입니다."

수교의 말에 교수는 다시 한 번 명함을 자세히 보고 그제야 의문스러운 표정으로 수교를 유심히 바라보았다. 수교는 조금씩 자신감을 찾았다.

"당황스러우시겠지만, 저는 다만 교수님께서 제 고민을 해결해주실 수 있을 것 같아서 찾아온 겁니다. 학부 때도 교수님 수업을 여러 번 들었습니다. 갑자기 그때 생각이 나서……"

"이런, 이런! 건설섹시공학 성수교! 우물쭈물하면서도 곧

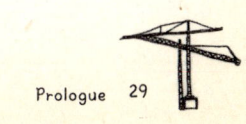

잘 질문에 대답하곤 했었지."

"네, 교수님! 저를 기억하십니까?"

"허허……. 기억하고말고. 수교 군은 재미있는 학생이었지. 이렇게 다시 찾아와주니 반갑군그래. 무슨 얘긴지 모르지만 일단 좀 들어오지."

그제야 경계를 푼 교수는 수교에게 악수를 청한 후 그를 데리고 연구실로 들어갔다.

"어떤가? 커피 한잔 들겠나?"

자신을 알아본 것만으로도 다행이라고 생각하는 수교에게, 교수는 사람 좋은 웃음을 지으며 커피를 권했다. 7년 만에 찾아온 학교에서, 그때와 다르지 않은 교수를 만난 수교는 어쩐지 감격스러운 기분이었다.

"내 기억에 자네 학번 중 눈에 띄게 뛰어난 학생이 둘 있었지. 그중 하나가 자네였고."

"네? 아, 과찬이십니다. 제가 그렇게 대단하지는……."

당황해 대답하면서 수교는 생각했다.

'그렇다면 나머지 한 명은 아마도 나영웅이겠지.'

어쩐지 다시 기분이 씁쓸해졌다. 자신과는 달리 골리앗건설에서 승승장구한다는 영웅에 대해서는 대학 선후배나, 간간이 날아오는 동창회보가 끊임없이 알려주어서 알고 싶지 않아도 별수 없이 소식을 이미 다 전해 들었다.

"아, 뭘 그렇게 진지하게 생각하나. 자넨 립서비스도 모르나?"

"네? 아, 죄송합니다. 제가 좀 고지식한 편이라서……."

"됐네. 그래, 무슨 일로 이렇게 나를 찾아왔나? 설마 다시 수업이 듣고 싶어진 건 아닐 테고."

"그게……. 어떻게 말씀드려야 할지……."

"허허……. 자네 우물쭈물하는 건 여전하구만. 전에도 횡설수설하면서 결국 자기가 하고 싶은 말은 다 했지."

"제가 그랬습니까?"

"내 기억이 틀리지 않다면 그렇다네."

"어디서부터 어떻게 이야기해야 할지……. 사실, 제가 다윗개발에 다니게 된 것은 이태 전부터입니다. 졸업한 직후에는 삼풍산업개발에 입사했었지요. 그게……."

수교는 자신이 삼풍산업개발을 그만두는 계기가 된 사건에 대해 자세히 이야기했다. 힘든 기억을 끄집어내다 자신도 모르게 흥분하기도 했다. 잠자코 수교의 이야기를 끝까지 다 들은 교수는 무릎을 치며 말했다.
"그래서 삼풍산업개발이 입찰을 못했던 거군! 자네 덕분에 궁금증이 하나 풀렸네."
"네?"
영문을 몰라 반문하는 수교 앞에서 교수는 묘한 웃음을 지었다.

5

"교수님, 그게 무슨 말씀이신지요?"
"자네가 내 궁금증을 하나 풀어줬으니 나도 얘기를 하나 들려줘야겠군. 그래야 공평하지."
교수가 막 이야기를 시작하려는 찰나, 노크 소리가 들려왔다.

"똑똑"

"들어오세요."

익숙한 얼굴의 한 여학생이 연구실로 들어섰다.

"교수님, 연구원들은 모두 준비를 마쳤습니다. 해가 지기 전에 내려오려면 어서 출발하셔야 할 것 같습니다."

'아, 도도희!'

수교는 그녀를 보고 깜짝 놀랐다. 여학생이 많지 않은 건축학과 안에서도 눈에 띄는 미인으로 유명했던 도도희. 워낙 팬이 많던 탓에 수교는 말 한마디 붙여보지 못한 채 졸업하고 말았다. 그러나 졸업 후에도 도희만한 미인을 본 적이 없던 수교는 이후로도 그녀를 잊지 못했다.

'아직 학교에 있구나.'

"아, 수교 군이 도 조교 선배던가?"

"네? 아, 네……."

"도 조교도 수교 군을 알고 있나?"

"학부 때 수업 시간에 본 적이 있는 것 같습니다."

교수의 말에 대답하며 도희는 수교를 향해 가볍게 목례했다. 정신이 없던 수교는 도희가 먼저 인사를 하자 당황하여 인사를 받았다.

"두 사람도 아는 사이라고 하니, 마침 잘됐군. 자네도 가지 않겠나? 모처럼 관악산에 오르려고 하는데 말이야. 자네에게 해줄 이야기도 있으니, 등산하면서 마저 하지."

멍하니 도희만 바라보던 수교는 갑작스러운 교수의 제안에 화들짝 놀랐다.

"아, 아닙니다. 저는 연구원도 아니고, 게다가 이렇게 정장 차림이라서……."

"옷이야 뭐, 빌려 입으면 되지 않나?"

"연구실 축구 유니폼을 입으면 될 것 같습니다. 제가 구해볼까요?"

"음……. 그렇지만 산은 아직 날씨가 쌀쌀할 텐데……. 아, 그래! 마침 내가 입으려고 사두었던 옷이 있으니 그걸 입게. 아마 자네한테 잘 맞을 것 같구만. 청바지를 새로 샀는데, 인터넷으로 샀더니 치수가 안 맞아서 누굴 줄까 고민하던 참이었어. 자네가 입게나."

"네? 청바지요?"

수교는 인터넷 쇼핑으로 청바지를 샀다고 아무렇지도 않게 말하는 교수를 보고 깜짝 놀랐다. 바지를 받아서 보니 최근 젊은이들 사이에서 인기 있는 디젤청바지였다. 교수님이 최근 젊은이의 트렌드까지 꿰고 계시다니, 역시 여느 교수님과는 많이 달랐다.

"왜 그렇게 놀라나? 나는 청바지 입으면 안 되나?"

"아, 아닙니다. 저는 그저……. 교수님께서 이렇게 젊게 사시는 것을 보니 신기해서요."

"뭐? 나는 그저 동네 노인들이랑 게이트볼이나 치란 말인가?"

"아, 아니……."

"그럼 가지?"

교수에게 떠밀려 나왔지만, 수교도 관악산에서 복잡한 머릿속을 비우고 싶었다. 교수가 들려주겠다는 이야기도 궁금했고, 도희와도 이대로 헤어지고 싶지 않았다.

'등산이라. 좋아, 오랜만에 바람 좀 쐬고 온다고 생각하자!'

* 건설 공사의 입찰 절차는?

1. 건설 사업 단계

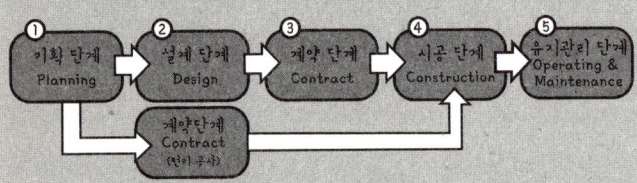

건설 사업 단계는 일반적으로 지으려는 건물을 구상하는 기획 단계, 건물의 도면을 작성하는 설계 단계, 공사를 맡을 건설 회사를 정하고 공사를 계약하는 계약 단계, 실제로 건물을 짓는 시공 단계, 건물이 완성된 후의 단계인 유지관리 단계의 5단계로 이루어져 있다. 하지만 턴키(Turn Key) 방식의 경우에는 하나의 회사 또는 컨소시엄이 설계와 시공을 수행한다.

2. 입찰

입찰은 설계 단계와 계약 단계에 각각 존재하며, 절차는 다음과 같다.

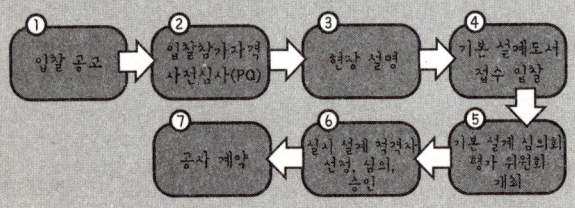

입찰 방법에는 일정한 자격요건을 갖춘 모든 업체가 참여 가능한 '일반 경쟁', 입찰참가자격 사전심사(PQ; Pre-Qualification)에 따라 자격을 제한하는 'PQ에 의한 경쟁', 입찰 참가자를 선택하여 진행하는 '지명 경쟁', 공사 현장이 있는 지역에 주된 영업소가 있는 회사만 입찰할 수 있는 '지역제한 경쟁', 그리고 특정한 업체를 선택하여 진행하는 '수의 계약'이 있다. 발주자의 성향과 짓고자 하는 건물의 종류에 따라 입찰 방법은 달라진다.

3. 입찰참가자격 사전심사(PQ; Pre-Qualification)

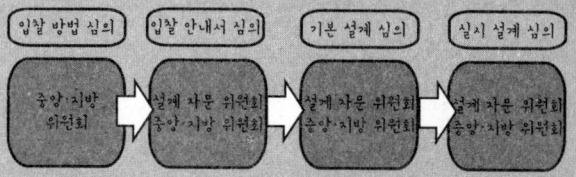

입찰참가자격 사전심사는 경쟁 입찰에 참가하고자 하는 다양한 업체들에 대해서 입찰 전에 자격을 미리 심사하는 제도를 말한다. 시공 경험, 기술 능력, 경영 상태 및 사회적 신인도 등을 종합적으로 평가한다.

4. 참고문헌

- 한국조달연구원 [편], "공사발주 핸드북", 조달청, 2007.

서울시립박물관: 공정 경쟁의 장

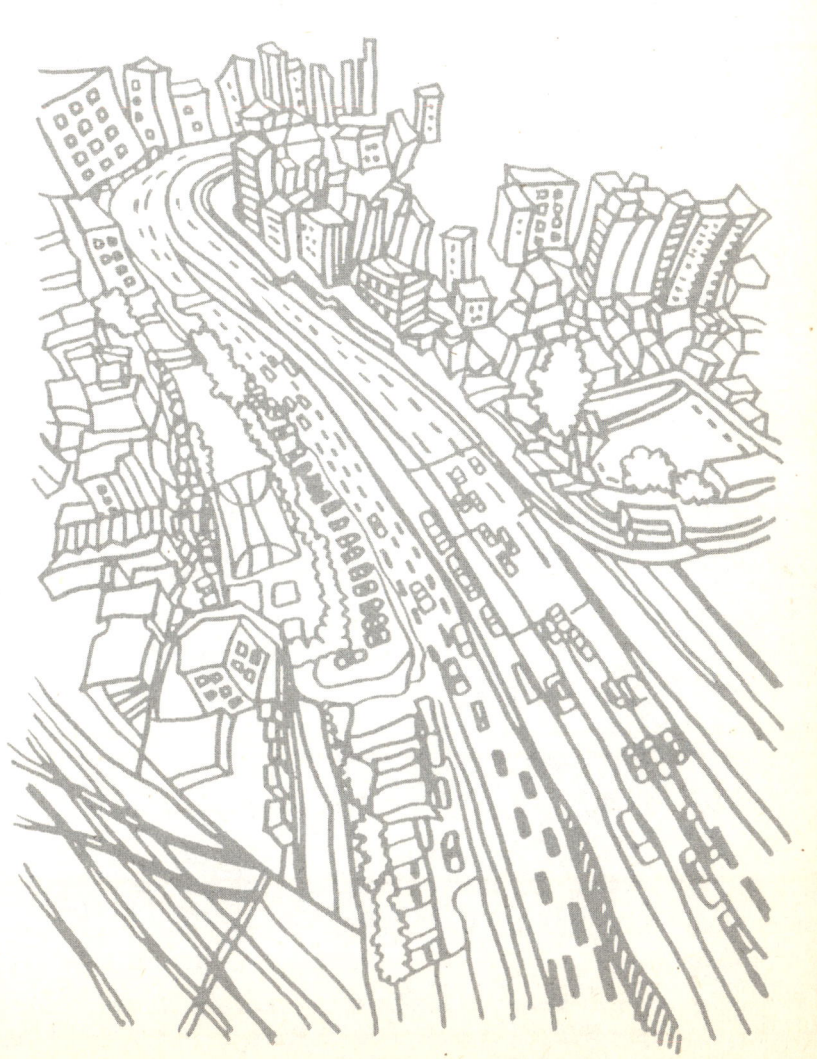

/

"어때? 걸을 만한가?"

교수는 여유로운 표정으로 수교에게 물었다.

"네? 아, 괜찮습니다."

주위를 둘러보는 척하며 도희를 힐끔힐끔 쳐다보던 수교는 얼른 대답하고 교수를 따라 걸었다. 등산 코스는 건축학과 건물 뒤쪽에서 연주대에 이르는 길이었다. 수교는 교수에게서 조언이라도 하나 얻을 요량으로 그의 옆에 바짝 붙었지만, 다른 연구원들은 자기들끼리 삼삼오오 무리 지어 농담을 주고받으며 걸었다. 주위를 둘러보던 수교는 교수 주변에 있는 사람은 자신과 도희뿐이라는 것을 알게 되었다. 수교는 괜스레 마음이 들떴다.

'도희가 설마 나한테 관심이 있어
함께 걷는 건 아니겠지?'

관악산으로 들어가기 위해서는 건축학과 건물 뒤에 있는 개구멍을 지나야 했다. 수교는 개구멍에 다다르자 교수에게 말을 건넸다.
"교수님, 정말 황당한 일입니다. 국립공원인 관악산과 학교의 구역을 나누기 위해서 이중으로 철제 울타리를 쳐놓은 거잖아요? 그런데 학교 쪽 울타리에 개구멍을 내어놓고 또 그 개구멍으로 다닐 수 있게 10미터 앞에 있는 관악산 울타리에는 멋지게 문을 만들어놓았으니 말이죠."

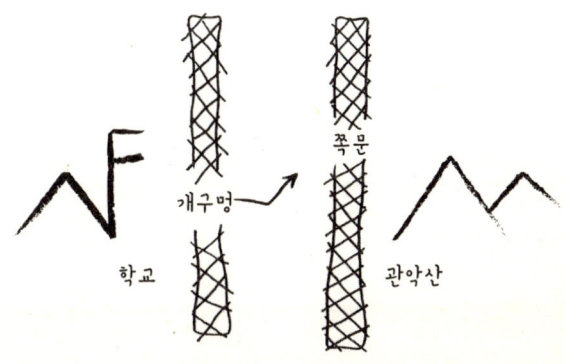

"그게 어째서 황당한 일인가?"

"울타리는 통행을 막으려고 세운 것이니까요. 그런데 한쪽에선 구멍이 뚫려도 막을 생각조차 하지 않고, 반대쪽에선 오히려 그 구멍으로 오라고 문을 만들어놓은 것 아닙니까?"

"관악산은 통행료도 없는데, 이 문 때문에 누가 해를 입기라도 하는가?"

"그건 아니지만……. 구멍을 내놓고 문까지 만들어줄 거면 차라리 철제 울타리를 없애버릴 것이지, 이렇게 하는 것이 우스워서요."

"이 울타리를 없애면 문제가 없겠나?"

출발할 때 시작한 개구멍 이야기를 하는 동안 어느새 삼막사 앞을 지나쳤다.

"음……. 아무 데로나 사람들이 다니면 사고가 많이 일어나 문제가 될 수도 있겠네요."

> "그렇지, 모든 것엔 다 각각의 이유가 있는 거야. 즉 울타리에도 존재의 이유가 있고, 개구멍에도 존재의 이유가 있지."

수교는 생각에 잠겼다. 관악산은 개구멍을 만들어 자신을 받아주었지만, 사회는 입찰에 지각한 자신을 받아주지 않았다. 입찰에 늦을 경우 불이익을 안더라도 심의를 받을 수 있는 조항이 공고에 있었다면 자신이 이렇게까지는 되지 않았으리란 생각이 들었다. 그러한 조항 역시 누구에게도 해를 입히지 않는 개구멍과 같은 것 아닐까.
생각에 잠겨 산을 오르다 보니 어느새 관악산 정상인 연주대에 도착했다. 수교는 숨이 턱밑까지 차오르는 것을 느꼈다. 다른 연구원들도 조금씩 지친 기색을 보였다. 수교는 도희를 힐끗 쳐다보았다. 도희는 얼굴에 지친 기색이 역력한데도 아무런 불평이 없었다. 교수는 만면에 여유롭게 웃음까지 띠어서 신기할 정도였다.
"자, 정상에 왔으니 기념사진 한 장 박아야지."
"저쪽으로 모두 서세요."
정상까지 올라오는 동안 한마디 말도 없던 도희가 가방에서 카메라를 꺼내더니 처음으로 입을 열었다.
"그럼 찍습니다. 하나, 둘, 셋!"

"자, 사진도 찍었으니 이제 막걸리나 한잔할까?"
"저, 교수님, 근데 아까 해주신다던 이야기는……."
"아, 그랬지. 내 정신 좀 보게. 일단 이리로 오라구. 한잔하며 이야기하는 게 더 재미나지 않겠나?"
수교는 교수가 벌인 술판을 바라보다 도희 옆으로 끼어

들어 앉았다. 말도 없이 산을 오르던 도희는 맨 먼저 막걸리를 받아 마셨다.

"아니, 그렇게 마셔도 돼요?"

"저 원래 술 잘해요. 걱정 마세요."

"그래. 걱정 말고 옆자리에서 술 떨어지지 않게 잔이나 채워주지 그러나?"

교수의 말에 빈 잔을 채워주긴 했지만, 수교는 걱정스러운 눈으로 도희를 바라보았다. 도희는 그런 수교의 눈길은 아랑곳하지 않고 시원하게 막걸리를 들이켰다.

"도 조교가 오늘은 오래 버티는데?"

"네? 이제 겨우 두 잔인데……."

말이 채 끝나기도 전에 수교는 자신의 어깨에 와 닿는 감촉에 놀랐다. 도희가 어느새 눈을 감은 채 자신의 어깨에 기대었다.

'역시 인생사 새옹지마인가?'

수교는 도희가 깨지 않도록 자세를 그대로 유지하며 교수의 이야기에 귀를 기울였다. 굳어지는 어깨가 저려왔지만 마음은 구름 위를 거닐었다. 교수의 이야기는 3년 전으로 거슬러 올라갔다.

2

"따르릉따르릉"

새벽녘부터 전화벨이 울려댔다. 얼핏 눈을 뜬 교수는 정면에 걸린 벽시계를 바라보았다. 이제 겨우 새벽 다섯 시였다. 개강을 앞두고 수업을 준비하다가 자정이 넘어서야 겨우 잠이 든 교수였다. 그는 베개에 얼굴을 파묻고 상대편이 지쳐서 포기하기를 기다렸다. 그러나 전화벨은 도무지 끊길 생각을 하지 않았다. 네가 이기나 내가 이기나 해보자는 듯한 기 싸움에 종지부를 찍은 것은 교수의 부인이었다. 그녀는 더 이상 못 참겠다는 듯 전화기를 교수에게 건네고 이불을 끌어올려 덮었다. 한숨을 내쉰 교수는 수화기를 들었다. 연락을 피하려고 휴대폰까지 꺼두고서 만반의 준비를 했으나 이번에도 아무 소용없었다. 설마 집으로까지 전화를 할 줄이야.

"여보세요."

가능한 한 목소리를 가다듬었지만 쇳소리가 나고 말았다. 방금 잠에서 깬 교수는 무안했으나, 상대편은 그런 것에는 익숙하다는 듯 아무렇지도 않게 용건을 꺼내기 시작했다.

"서울시 건축기획과입니다. 이번에 서울시립박물관을 신축하는데, 공사 심의 위원회에 참석해주십사 전화드렸습니다."

아침 7시까지 H호텔로 와줄 것을 부탁하는 전화를 받고, 교수는 무덤덤한 얼굴로 참석할지 말지 고민했다. 이런 고민을 하고 싶지 않아서, 아예 전화가 오지 않았으면 하고 바랐던 것이다. 하지만 이번에도 국립대 교수로서 공공사업에 기여해야 한다는 의무감이 결국 교수를 움직이고 말았다.

"알겠습니다. 참석하도록 하지요."

3

억지로 자리에서 일어난 교수는 일단 조교에게 전화를 걸었다.

"날세. 오늘 내가 K대와 하는 축구 시합에 못 갈 것 같아."

"네? 무슨 일 있으세요?"

"응, 그게 갑자기 말이야……. 이런 중요한 일을 앞두고 웬만하면 내가 빠지지 않을 텐데, 어쩔 수 없게 됐네."

"아, 네……. 그런 거라면 걱정 안 하셔도 될 것 같습니다. 교수님이 빠지셔도 그렇게 큰 영향은……."

"무슨 소리야. 자네가 잘 모르나 본데, 골게터인 내가 빠져서 우리 연구실 전력이 여간 걱정이 아니야. 나 대신 김박사 톱으로 올리고 학부생 그 친구 불러서 미드필드로 세우도록 하라고."

교수는 무거운 마음을 애써 털어버리고 집 밖으로 나섰다.

'오늘도 하루 종일
감옥에 갇힌
신세가 되겠군.'

그러나 이미 심의에 참여하기로 한 이상 돌이킬 수 없는 일이었다. 교수는 신속하게 심의를 마치고 돌아오는 수밖엔 없다고 생각하고 H호텔로 차를 몰았다.

예상한 대로 주차장에는 오늘 입찰에 참여하는 다윗개발, 골리앗건설, 삼풍산업개발 사람들이 여기저기 흩어져 있었다. 드러내놓고 교수에게 말을 거는 사람은 없었지만 눈이라도 마주치려고 노력들이 대단했다. 왼쪽 눈으로 윙크하는 사람, 목 디스크 환자처럼 고개를 뻣뻣하게 흔들어대는 사람, 손을 반만 올려 하이파이브를 시도하는 사람 등등, 행동들도 가지각색이었다. 교수는 건설업체 사람들과 눈을 마주치지 않으려고 애쓰며 입구 쪽에 시선을 고정한 채 걸어갔다.

"교수님, 이쪽입니다."

서울시 측에서 나온 사람들의 안내를 받자, 교수는 안심이 되었다. 어쨌거나 건설업체 쪽 사람들의 부담스러운 눈길을 피할 수 있었기 때문이다.

"아니, 교수님 아니십니까? 호호······."

교수는 자신을 부르는 목소리에 뒤를 돌아보았다. 그 목소리의 주인공은 국토정책국장이었다.

'어허, 오늘 심의도 골치 좀 아프겠군.'
"교수님도 오셨으니 공정한 심의가 되겠군요. 으흐흐……."

국토정책국장은 심의 때마다 노골적으로 대기업인 골리앗건설을 지지하고 나서서 다른 사람과 대립각을 세운 인물이다. 교수는 아무래도 그를 편하게 대할 수 없었다. 엘리베이터에 오른 교수는 말끝마다 불필요한 웃음소리를 내는 국장의 습관이 거슬렸다.

"아무래도 중요한 의미가 있는 건물이니 여러 면을 고려해야겠지요. 흐흐……."
"그만큼 공정한 심의가 이루어져야 할 거고요."
"에, 그러니까……."

국장이 무언가 더 말하려고 하는 찰나에 엘리베이터가 멈추고 문이 열렸다. 이미 도착한 사람들의 뒷모습이 눈앞에 보였다. 교수는 어쨌거나 더 이상 혼자서 국장을 상대하지 않아도 된다는 안도감을 느꼈다.

"교수님, 안녕하십니까."

교수의 짧은 안도감을 깬 것은 요즘 잘 나가는 후배 한 교수였다. 그는 국토정책국장과 함께 엘리베이터에서 내

서울시립박물관: 공정 경쟁의 장

린 교수에게 인사를 하며 다가왔다. 그러고선 국토정책국장을 흘낏 눈으로 보며 입가에 조소를 띠었다.

'역시 한 교수도 참석했군. 오늘 심의도 쉽게 끝나진 않겠어.'

한 교수는 학계에서 꽤 명성 있는 학자인지라 여러 기관으로부터 심의에 참석해달라는 요청을 받고 있었다. 그 자신도 외부 활동에 대한 의지가 강해서 그러한 의뢰를 대부분 승낙하였기에, 교수도 그런 한 교수와 심의장에서 몇 번 마주치곤 했었다. 그런데 그간 몇 건의 심의 과정에서 국토정책국장과 한 교수는 유독 의견 충돌이 많았다. 지난번 다른 건의 심의 때도 두 사람이 의견 차이를 보이며 격앙되자 다른 위원들이 심의는 뒤로 하고 둘을 말리느라 진땀을 빼야 했다.

"어이쿠, 이게 누구십니까. 이런 자리에서 또 뵙게 되는군요. 으흐흐……"

먼저 넉살 좋게 인사를 건네는 국토정책국장을 차갑게 바라보면서 한 교수는 못마땅한 표정으로 고개만 까딱하고 교수에게 시선을 돌렸다.

"교수님도 나오셨군요."

"네. 반갑습니다, 한 교수님."

"중요한 일을 결정하려니 이렇게 훌륭한 분들이 모두 모이나 봅니다. 으흐흐……"

국토정책국장이 둘의 대화에 끼어들자 한 교수가 눈썹을 찡그렸다. 어색한 침묵 속에서 세 사람은 심의장 안으로 들어갔다. 국장이 요란스럽게 생긴 최신형 휴대폰을 꺼내어 바구니에 담자 한 교수는 또 한 번 눈썹을 찡그렸다.

자리를 잡고 주위를 둘러보니 일찌감치 심의장에 도착한 사람들은 대부분 교수에게 익숙했다. 교수는 십여 명의 사람과 눈인사를 나누었다. 좋든 싫든 오늘 하루는 이 사람들과 보내야 한다. 교수는 자신 앞에 놓인 세부 심의 기준과 배점 표를 바라보았다.

> "에…… 공사다망하신 가운데 오늘 이 자리에 참석해주신 여러분께 진심으로 감사를 드립니다."

서울시 대표자의 인사말은 무한정 길어졌다. 교수는 터져 나오려는 하품을 억지로 참으며, 비슷한 말을 저렇게 끝없이 늘어놓는 것도 대단한 능력이라고 생각했다. 이제는 슬슬 본론으로 들어갔으면 좋겠다고 생각하고도 한참이

지나서야 심의에 대한 설명이 시작되었다.

"에……. 일단 서울시가 제시한 세부 심의 기준을 봐주시기 바랍니다."

서울시 측의 요구 조건은 매우 복잡하였다. 도시와 조화되는 형태, 본관과의 조화, 시립박물관으로서의 이미지, 세종로 문화벨트와의 연계성, 휴식 공간과 문화 공간 사이의 조화, 업무 공간 사용 효율성, 서향 일사 대응 등……[3].

'어허. 그렇게 무리한 요구를 하다니.'

교수는 혀를 찼다. 정형화된 대지에 그 많은 조건을 대입시켜 건축물을 설계하기란 몹시 어려운 일이며, 조건에만 맞추어 건축물을 설계하면 다른 요소들을 놓쳐 여론의 공감을 얻기가 쉽지 않기 때문이었다.

"자, 그럼 오늘 심의 위원장을 어떤 분이 맡아주시면 좋을지 의견 부탁드립니다."

십여 명의 심의 위원은 서로 눈치를 보았다. 다른 사람의 말을 흘려듣던 교수의 귀에 갑자기 국토정책국장의 거슬리는 웃음소리가 들렸다.

---

3 공사 수주와 요구 조건
요구 조건은 입찰 과정에서 낙찰자를 결정하는 데 매우 중요하게 평가되는 요소이다. 이는 프로젝트 환경, 목적, 계약 방식, 건축물의 용도 등 프로젝트의 특성과 주위 상황에 따라 각기 다르게 나타난다. 요구 조건에는 층수, 규모, 면적, 구조, 용도, 형태, 비용, 공사 기간 등에 대한 개괄적인 요구 조건과, 작업별, 해당 실별로 구체화되는 상세한 요구 조건이 있다.

"아무래도 교수님께서 맡아주시는 것이 모양새가 좋지 않겠습니까? 다들 동의하시리라 생각합니다만, 으흐흐……."

"어허! 모양새니 뭐니 그런 문제가 아니지 않습니까? 저 역시 교수님께서 맡아주셨으면 합니다만, 어디까지나 위원장을 맡아주실 만한 역량을 갖추신 분이기 때문에 부탁드리는 겁니다."

갑작스러운 위원장 추천에 당황한 교수가 뭐라 말할 틈도 없이 잘나가는 한 교수가 날카롭게 반응했다. 자칫 심의는 시작도 하기 전부터 냉랭해질 태세였다.

"허허, 다들 비슷한 생각을 하시나 봅니다. 저도 교수님께서 위원장을 맡으셨으면 합니다. 그렇게 하시지요."

사람 좋은 W대학의 교수가 분위기를 수습하고자 이렇게 제안하자 교수는 울며 겨자 먹기로 승낙하는 수밖에 없었다.

"자, 그럼 저희는 이제 교수님만 믿겠습니다. 첫 번째 팀부터 프레젠테이션을 시작하도록 하겠습니다."

서울시립박물관: 공정 경쟁의 장

4

"자, 그럼 점심 식사를 하신 후에 심의를 마무리하도록 하지요."

교수는 고개를 갸웃할 수밖에 없었다. 이번 입찰에 총 세 팀이 참여한다고 알았기 때문이다. 분명히 대기업인 골리앗건설과 삼풍산업개발, 그리고 중소 업체인 다윗개발을 주축으로 한 세 개의 컨소시엄⁴이 참여할 예정이었다. 아마 다른 심의 위원들도 이미 그러한 사실을 알고 있었을 것이다. 그런데 삼풍산업개발이 프레젠테이션을 하지 않은 것이다. 입구에 들어설 때만 해도 분명히 삼풍산업개발 측의 사람들이 보였다. 오히려 다른 업체보다도 많은 인원이 나와 있는 것 같았다. 그런데 정작 프레젠테이션을 하지 않다니 이상한 노릇이었다. 다른 심의 위원들도 삼풍산업개발이 입찰을 포기라도 한 것인지, 그랬다면 그 이유는 무엇인지 궁금해 하는 눈치였다. 그러나 아무래도 조심스러운 문제이다 보니 입 밖으로 말을 꺼내는 사람은 없었다. 심의장에서 식사가 마련된 곳까지 모두 말없

---

4 컨소시엄

컨소시엄은 공동 도급의 한 방식으로 해당 프로젝트의 수행을 위해 다수의 회사가 연합하여 만든 일시적인 사업조직을 말한다. 법적 구속력이 없고 출자가 불필요하며, 해당 프로젝트의 수주에 실패하거나 프로젝트가 완료되었을 경우 해산한다. 국내의 경우 설계와 시공을 한 회사에서 수행할 수 없도록 규정하고 있어 일반적으로 일괄 방식(Design-Build 또는 Turn Key)의 경우에 컨소시엄이 구성된다.

이 움직일 뿐이었다.

'이럴 때 말을 꺼낼 수 있는 사람은 국장뿐이지.'

교수는 국토정책국장을 슬쩍 쳐다보았으나 그는 삼풍산업개발에 대해서는 전혀 관심이 없는 것 같았다. 모두 궁금해 하는 표정이었으나 국토정책국장만은 편안한 표정이었다.

'하긴. 어차피 국장은 골리앗건설을 지지하고 나설 테니. 가장 강력한 경쟁자인 삼풍산업개발이 나오지 않은 것이 오히려 다행이겠군.'

식사를 하러 가서도 심의위원들은 식사에만 열중했다. 간간이 국토정책국장의 웃음소리가 울려 퍼졌다. 교수는 밥알을 씹어 넘기면서 오늘 참여한 두 팀의 프레젠테이션을 되새겨보았다.

"그런데 오늘 삼풍산업개발도 입찰에 참여하는 것 아니었습니까? 저는 그렇게 알았는데……."

저 멀리 대전에서 온 교수가 궁금증을 참지 못하겠다는 듯 좌중을 향해 질문을 던졌다.

"허, 저 역시 그 점이 궁금하던 차였습니다."

사람 좋은 W대 교수도 관심을 보였다.

"아, 삼풍산업개발이라면 입찰 서류 제출 미비로 참가하지 못했다고 들었습니다."

구석에 앉아 있던 도시기획팀장이 무심하게 한마디를 던지고 식사를 계속했다.

"아니, 어떻게 그런 일이 일어났습니까?"

다른 심의위원들이 이해가 되지 않는다는 듯 재차 물었지만, 도시기획팀장은 자기도 그 이상은 모른다는 듯 어깨를 으쓱하고 식사를 계속할 뿐이었다. 그러자 국토정책국장이 거들었다.

"하긴 우리로서는 세 팀보단 두 팀을 심의하는 일이 훨씬 수월하지요. 사실 많은 팀이 참가한다고 좋은 결과가 나오는 것은 아니지 않습니까? 심사만 골치 아파지지요. 오늘 프레젠테이션만 봐도 이미 좋은 결과가 나올 것 같지 않습니까?"

"국장님께서는 벌써 심의를 다 하신 모양입니다."

맞은편에 있던 한 교수가 대립각을 세웠다. 국토정책국장이 골리앗건설을 지지한다는 것은 모두가 다 아는 사실이었다. 그러나 이렇게 한 교수가 정곡을 찌르자 정작 당황한 것은 국장 본인이 아닌 나머지 사람이었다.

"그렇다기보다는……. 우리 모두 주어진 조건 안에서 최선을 다해 좋은 결과를 얻어야 하는 것 아니겠습니까. 으흐흐……."

5

"자, 이제 본격적인 심의를 해봅시다. 여러분 모두 서울시 측의 세부 심의 기준을 염두에 두고 프레젠테이션을 들으면서 배점 표에 표시를 하셨으리라 생각합니다. 그럼, 배점 표를 제출하기 전에 마지막으로 의견을 교환하는 시간을 가지도록 합시다."

이 순간을 기다렸다는 듯이 한 교수가 이야기를 시작했다.

"저는 다윗 컨소시엄의 프레젠테이션이 인상적이었습니다. 여러분도 보셨겠지만 설계안이 가장 좋지 않았습니까. 설계에 공을 많이 들였다는 생각이 들었습니다. 서울시립박물관의 역사적 의의나 도시 경관을 고려할 때 다윗의 설계대로 진행되는 것이 바람직합니다."

"그렇긴 하지만 아무래도 중견 업체이다 보니……. 안정성이 떨어지지 않나 싶습니다."

도시기획팀장이 조심스럽게 의견을 내놓았다. 한 교수가 이 말에 대꾸하려는 순간, 국토정책국장이 몸을 앞쪽으로 빼며 급하게 끼어들었다.

"팀장님 말씀이 옳습니다. 그런 작은 업체가 공사를 맡았다가 공사 중에 문제가 일어나면 누가 책임을 지겠습니까? 그랬다가는 아주 곤란해집니다. 디자인? 그것도 물론 중요한 문제라고 할 수 있지요. 그렇지만 안정적으로 공사를 해낼 수 없다면, 결국 공사 기간이 늘어날 겁니다. 역시 이런 대형 프로젝트는 사업의 연속성과 안정성을 확보하는 것이 가장 중요하지요."

이에 한 교수가 반론을 제기했다.

"그런 식으로 심의를 할 거라면 애초에 입찰참가자격에 제한을 두어야 하는 것 아닙니까? 이런 식이라면 중견 업체들은 모두 턴키 공사를 포기할 것이고, 대기업끼리의 담합만 심해질 것입니다. 그게 설계의 질적 저하로 이어진다면 그때는 누가 책임을 집니까!"

"대기업이라고 설계비 부담이 없는 것은 아니지 않습니까. 이렇게 중요한 공사를 설계안만으로 심의한다는 것 자체가 무리 아닙니까?"

"앞서 말씀드린 것처럼, 시립박물관은 서울시가 세계적인 문화 도시로 성장하는 데 밑바탕이 되는 건물입니다. 그럼 당연히 디자인적 요소가 중요한 것 아닙니까?"

"저도 시립박물관의 의의를 무시하자는 것이 아닙니다. 하지만 이처럼 중요한 건물의 공사가 지체되면 그 영향은 일파만파로 퍼질 겁니다. 안정적인 공사를 위해서는 대기업의 경험이 중요합니다."

"그런 식으로 대기업만 믿고 사업을 맡기는 일이 되풀이

되니까 독점 현상이 계속되는 것 아닙니까?"
"이거 원······. 학계에 계신 분들께서 의욕적으로 하시는 것은 좋지만 이런 중요한 프로젝트는 믿음이 가는 대기업에 맡겨야 문제가 없습니다. 이런 것도 다 현장 경험이지요."
"아니, 이보시오!"

> **국토정책국장**
> -안정성이 가장 중요하다.
> -사업의 연속성과 확장성을 확보해야 한다.
> -대기업의 경험을 믿는다.

> **한 교수**
> -설계안이 가장 중요하다.
> -건축물의 역사적 의의나 도시 경관을 고려해야 한다.
> -참신한 디자인을 믿는다.

"자······. 우리 다른 분들의 의견을 골고루 들어본 후에 다시 이야기를 나눕시다."
교수는 이런 식의 감정 대립은 소용이 없다는 생각이 들었다. 자신의 생각을 정리하면서 상황을 차근차근 되새겨 볼 필요가 있었다. 교수는 일단 자신과 연배가 비슷한 사람 좋은 W대 교수에게 먼저 의견을 물었다.

"교수님은 프레젠테이션을 어떻게 보셨습니까."

"다윗의 프레젠테이션은 시각적으로 볼 때 가장 뛰어나더군요. 설계가 참신했습니다. 그렇지만 역시 건축물의 품질이나 공사 기간을 생각해볼 때 우려되는 부분이 있는 것도 사실입니다."

한 교수와 국토정책국장의 표정이 순식간에 바뀌는 순간이었다.

"그리고 골리앗건설은,"

"역시 안정된 프레젠테이션이었지요, 으흐, 흠……"

"아직 발언이 끝나지 않았습니다."

국토정책국장이 쓸데없이 끼어들자 교수는 처음으로 그를 제지하고 나섰다. 국장은 특유의 웃음소리를 내려다가 교수의 강한 눈빛에 괜한 헛기침으로 말을 마무리하고 말았다.

"국장님 말씀처럼 골리앗건설 프레젠테이션은 안정적이었습니다. 기술 위원들의 질문에도 충실하게 답변을 하고. 아, 프레젠테이션 발표자도 아주 자신감이 넘치더군요. 하지만 설계는 솔직히 기대 이하더군요. 그대로 들어서게 된다면 분명 주변 경관과 전혀 조화를 이루지 못할 겁니다."
W대 교수는 차분하게 각 팀의 장단점을 지적했다. 다른 심의 위원들도 반박하고 나서지 않는 것으로 보아 대부분 비슷한 생각인 듯했다.

6

"교수님의 말씀 잘 들었습니다. 우리는 이미 두 팀의 프레젠테이션을 들었고, 또 그것을 제대로 파악하고 있는 것 같습니다."
"하지만, 디자인과 안정적 시공 중에 어느 쪽을 택할지는 아직 명확하지 않습니다."
"음……. 그게 명확하다면 우리를 부르지도 않았을 겁니다. 힘들더라도 어느 한쪽을 선택해야 하기 때문에 각 분야의 전문가를 모아서 투표하는 것이지요."
"투표라는 말씀은, 발주처에서 제공한 이 채점 기준에 따라 각자가 판단한 결과를 반영한다는 말씀이십니까?"
"네, 바로 그겁니다. 그렇다고 지금까지 우리의 토론이 의미 없다는 것은 아닙니다. 이런 활발한 토론의 결과가 각자의 가치 판단에 반영될 테니까요."

"네, 그것이 유일한 대책이자 안타까운 현실이기도 하죠."

잃을 것이 없는 국토정책국장이 끼어든다.

"저도 그게 안타깝습니다. 이 채점 기준을 명확히 해야 하는데 너무 모호하니 제 생각이 똑바로 반영되는 것 같지도 않고……."

"그것보다 이미 어느 업체를 뽑을지 정하고 오는 사태부터 막아야겠죠?"

교수는 한 교수와 국토정책국장 사이를 중재하기 위해 일어나서 질문을 던졌다.

"국장님, 설계도서[5]의 기준을 세밀하게 정해서 좀 더 많은 항목으로 심의한다면 문제가 해결될 것 같습니까?"

"음, 아무래도 이렇게 모호한 것보다는 그쪽이 좋지 않겠습니까?"

교수는 한 교수에게도 질문을 던졌다.

"한 교수님, 어떻게 하면 뽑을 업체를을 미리 정해서 오는 사태를 막을 수 있겠습니까?"

"뭐 다양한 방법이 있겠지만, 심의 위원 후보를 늘려서 건설업체가 공정하지 못하게 후보군을 관리하는 일을 막는

---

5 설계도서
설계도서라는 건물 축조 시 필요한 제반 서류를 일컫는 말로서, 일반적으로 설계도면, 시방서, 내역서를 의미한다. 이는 해당 목적물의 평면도, 단면도, 입면도와 같은 설계도면을 포함하는 개념이며, 공사 계약을 위한 계약서 종류도 일부 포함된다.

것이 가장 쉽겠지요."

"그렇게 하면 더 나아지겠습니까? 자, 이 그림을 한번 보세요."

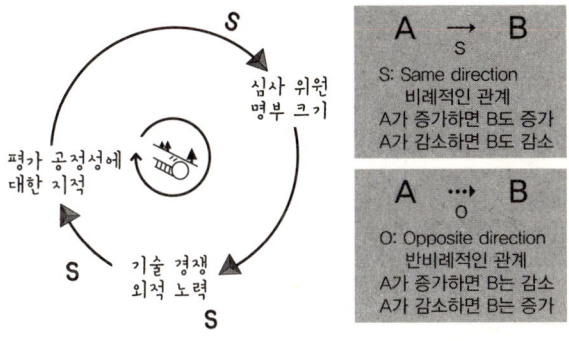

"심의 공정성에 대한 지적이 많아지면, 일반적으로 심의 위원 명부의 크기를 늘리겠죠? 심의 위원 명부가 커지면 건설업체로서는 사람을 더 많이 관리해야 하니, 부담이 커질 것입니다. 이것은 기술 경쟁 외적 노력을 늘려 다시 공정성 시비를 부를 터여서 악순환이 계속 되죠."

시선이 집중되자 교수는 다른 그림을 하나 더 그렸다.
"이 부분을 추가하면 어떻습니까? 기술 경쟁 외적 노력의 부담이 커지면 대기업 잔치가 될 수밖에 없지 않겠습니까?"
"네, 그렇겠지요. 중소 건설업체는 감히 참여하지 못하죠."
"문제는 여기서 발생합니다. 참여 업체 수가 적어지면 설계의 질적 차이가 적어지고, 이는 설계 경쟁으로 인한 낙찰 가능성을 낮추게 되지요."
"그렇군요."

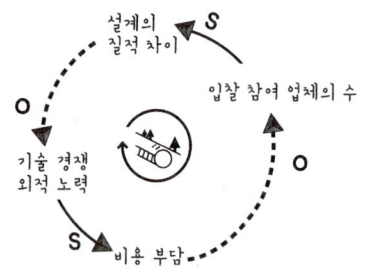

"이처럼 설계 경쟁으로 인한 낙찰 가능성이 낮다는 것은 기술 경쟁 외적 요인에 의해 낙찰 업체가 정해질 가능성이 크다는 것입니다. 즉, 로비 활동과 같은 기술 경쟁 외

적 노력을 부채질하면서 또 다른 악순환을 야기하지요."

"음……. 명부 크기를 늘리는 것이 무조건 좋은 것만은 아니겠네요. 그런 문제가 있다니……."

교수는 이제 국토정책국장을 바라보았다.

"국장님, 아까 설계 심의 기준을 세밀화하면 심의 공정성이 높아질 것이라고 하셨죠?"

"네. 그렇습니다. 아닙니까?"

"아, 아니라는 것은 아닙니다. 그냥 한번 같이 생각해보자는 것이니 이 그림을 같이 보시죠."

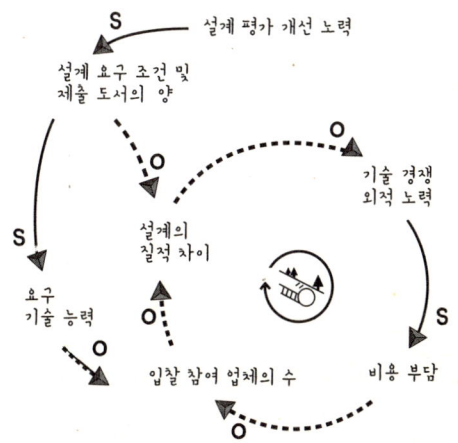

"심의 공정성에 대한 지적을 개선하기 위해 설계 요구 조건을 세밀히 했다고 가정합시다. 그럴 경우, 조건이 세밀해졌으니 심의 공정성에 대한 지적은 줄었다고 느끼게 될 것입니다. 일단 우리부터 세밀히 하자고 생각하고 있으니까 이런 불만은 어느 정도 해소될 것입니다. 동의하십니까?"

"네. 긍정적인 영향을 미치겠지요."

"하지만, 반대의 상황도 생각하셔야 됩니다. 까다로운 설계 요구 조건은 설계 독창성을 저하시켜 설계의 질적 차이를 떨어뜨리게 될 것이고, 요구 기술 능력이 과해지면서 입찰 참여 업체가 줄어들 것입니다. 즉, 불난 집에 기름을 붓는 격이 되지요. 이전 그림에서 봤듯이 제한된 입찰 참여는 기술 경쟁 외적 노력을 증가시키게 되어서 대기업만 입찰에 참여하는 문제가 더 심각해질 것입니다."

"음, 그렇겠군요."

고개를 끄덕거리는 심의 위원들을 바라보며 교수는 칠판에서 물러나 회의실 중앙으로 왔다.

"그러니 명부의 크기를 늘리거나 설계 요구 조건을 까다롭게 하는 것이 능사는 아니라는 것을 마음속에 새겨두고, 일단 오늘은 그 채점표에 맞춰서 각자 심의를 하는 걸로 하시죠."

잘나가는 한 교수가 혼자서 고개를 끄덕인다.

"네, 짧은 시간에 족집게 강사에게 강의를 들은 것 같습니다. 이해가 쏙쏙 됩니다. 하하."
"아이구, 강의라뇨. 쑥스럽게……."

7

"그럼 공정한 경쟁을 장려하기 위해 우리가 무엇을 할 수 있을까요?"
교수의 질문에 심의 위원들은 저마다 해결책을 고심하였다. 내내 침묵을 지키던 도시기획팀장이 조심스레 자신의 의견을 내놓았다.
"역시……. 돈이 문제가 되는 것 아닐까요?"
"저는 사실 턴키 제도 자체에 문제점이 있다고 생각해왔습니다. 턴키 제도에서 설계비를 포함한 입찰 비용은 전체 비용의 5% 정도입니다. 여기서 탈락하면 자칫 수십억 원에 이르는 설계비를 날릴 수 있으니, 업체가 과다 경쟁을 벌이는 것도 무리가 아니지요."
"문제는 입찰에 따른 손실 부담이 너무 크다는 데 있습니다. 그렇다면 입찰비의 일정 부분을 보상해주는 것이 옳다고 생각합니다."

"그거 괜찮은 생각이군요. 그렇다면 중견 업체도 입찰을 해보는 데 부담이 줄어들겠어요."

"그렇지만, 어중이떠중이도 모두 보상금을 노리고 입찰에 참여하게 되면 입찰 업체의 질적 저하도 우려되는군요."

의외로 날카로운 국토정책국장의 지적에 순간 모두 입을 다물었다. 만약 무조건적인 보상이 이루어진다면 그럴 가능성이 농후했다. 일단 입찰하고 보자는 업체도 생겨날 것이다. 교수도 인정했다.

"미처 생각하지 못한 부분을 국장님이 잘 지적해주셨습니다. 그럴 경우를 대비해야겠군요."

그러자 도시기획팀장이 다시 의견을 밝혔다.

"음……. 거기까지는 생각하지 못했습니다만, 충분히 일어날 수 있는 일입니다. 그렇다면……. 이렇게 하면 어떨까요? 모든 업체에게 보상을 하는 것이 아니라 심의를 내리고 그 순위에 따라서 차등적으로 보상하는 겁니다."

"뭐, 그렇게 하면 무분별한 입찰이 되지는 않겠군요. 중견 업체라도 좋은 성과물을 냈을 경우에만 보상을 받을 수 있겠습니다. 으흐흐……."

이번만큼은 국토정책국장의 웃음소리도 근엄하게 들렸다.

"자, 이제 의견 더 없으십니까? 없으시면 이제 투표하도록 하죠."

투표 결과, 서울시립박물관 공사는 골리앗건설이 수주하게 되었다. 심의 위원들로서는 서울시 측의 요구 조건을 가장 많이 반영한 골리앗건설 측을 무시할 수가 없었다. 그러나 심의 순위에 따라 다윗에도 입찰비의 일정 부분을 보상해줄 것을 서울시 측에 요청했다. 서울시 측에서 요구 조건을 완화하고 골리앗건설 측에서는 그에 따라 설계를 수정하는 것이 좋겠다는 권고 사항도 전달했다.

8

수교는 관악산을 내려오는 내내 교수가 들려준 이야기를 생각했다. 막걸리를 꽤 마셨지만 정신은 오히려 또렷해지는 것 같았다.
"이봐, 수교 군. 자네 괜찮은가? 혹시 취했나?"
"아, 아닙니다, 교수님. 교수님께서 해주신 이야기를 다시 생각해보고 있습니다."
"허허, 술 마시면서 한 이야기를 뭘 그리 골똘하게 생각해? 이 산을 내려가면 그런 일은 모두 잊어버리게."
"……."
"자네 내가 아까 한 말 기억하나. 자네 동기 중에 또 한

명이 인상적이었다고 했지? 누군지 알겠나?"
"아, 네. 혹시 나영웅……."
"아, 자네도 기억하고 있구만. 그 친구 요새 아주 대단하던걸. 예전에 자네와 곧잘 비교되곤 했던 것 같은데, 둘이 연락하고 지내나?"
"사실, 서로 사는 게 바빠서 연락 없이 지내고 있습니다."
"그래, 그렇겠지. 그 친구 여전한 것 같더군 그런데 수교 군"
"네, 교수님."

> "산을 올라가면 내려올 줄도 알아야지. 언제까지
> 그 위에 머물러 있으려고 해선 안 돼."

"네?"
"자네도 참 변하지 않았군 그래."
"네? 제가요?"
수교는 묘한 기분이 들었다. 학교를 졸업하고 회사에 들어가고 그 회사를 나오고 또 다른 회사에 들어가고, 그런 일련의 과정을 거치면서 자신이 참 많이 변했다고 생각했기 때문이다.
"안 그런가, 도 조교?"
교수는 말없이 뒤따라오는 도희를 바라보며 말을 붙였다.

술을 잘 마신다고 큰소리를 치던 도희는 막걸리 두 잔에 정신을 잃었다가 술자리가 끝날 때쯤 정신을 차렸다.
"글쎄요, 전 학부 때 성 선배와 별로 친하지 않았습니다."
도희는 새침해져서 대답했다. 수교는 술이 깬 후부터 자신을 피하는 듯한 도희가 신경 쓰였다. 그런 도희에게 이미 익숙하다는 듯 교수는 전혀 당황하지 않았다. 오히려 빙그레 웃으며 말을 이었다.
"그런가? 아무렴 어때. 한 나라에 같이 태어나기만 해도 일천겁의 인연이라는데 자네 둘은 이미 벌써 오만 오천 겁의 인연쯤은 될 거야. 수교 군이 연구실에 좀 더 자주 놀러 오게."
"네. 알겠습니다."
"그래, 나중에 와서 사진도 좀 구경하고. 자네 얼굴이 아주 볼만했거든. 허허허!"
"네? 제가요?"
수교는 그럴 리가 없다는 듯 눈이 동그래졌지만, 등산하는 내내 한 번도 웃지 않았던 도희는 미소 지었다.

턴키(Turn Key)란?

1. 턴키(Turn Key)의 정의

턴키(Turn Key)는 설계·시공 일괄입찰 방식을 의미한다. 국제적으로 일괄입찰을 의미하는 단어는 'Design-Build'이나, 우리 나라의 경우 낙찰된 시공사가 설계부터 공사 완료까지 모든 과정을 완료하고 키를 넘긴다는 뜻에서 관행적으로 턴키(Turn Key)라는 단어를 사용하고 있다.

사람들이 많이 알고 있는 일반적인 공사 방식인 설계·시공 분리형 공사는 설계를 담당하는 회사와 시공을 담당하는 회사가 다른 방식이다. 반면 턴키 공사의 경우, 한 회사 또는 컨소시엄이 설계와 시공 모두를 담당하는 방식이다.

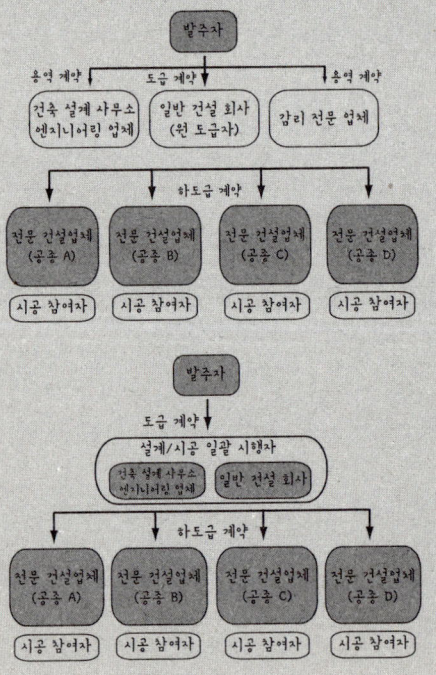

2. 턴키(Turn Key)의 특징

설계가 완성된 뒤 도면을 가지고 입찰을 하는 설계·시공 분리형 공사와 달리, 턴키 공사는 발주자가 자신이 요구하는 건물의 성능만을 언급하여 입찰공고를 내며, 이에 대해서 여러 건설 회사가 공사의 설계서와 기타 시공에 필요한 도면 및 서류를 작성하여 입찰서와 함께 제출하게 된다. 발주자는 여러 입찰자의 설계안과 공사비 등을 검토한 후 적절한 건설 회사를 선택하여 계약을 체결하고 공사를 진행한다. 입찰 기간이 짧기 때문에 상세 설계까지 첨부하여 제출하기는 어려우며, 개요와 기본 설계로 입찰을 진행하는 경우가 많다. 이 경우 공사를 담당하는 시공 회사로 선정된 업체에서는, 실시 설계를 상세히 다시 하게 된다.

턴키 공사는 건설 회사가 설계와 시공을 일괄함으로써 책임 소재를 일원화하고, 민간이 보유한 신공법과 신기술을 적극 활용할 수 있게 하여 민간 기술 개발을 촉진한다. 또한 공사비를 절감하고 공사 기간을 단축할 수 있다는 장점을 가지고 있다.

3. 참고문헌

- 한국조달연구원 [편], "공사발주 핸드북", 조달청, 2007.

상담: 재고 관리의 비밀

/

교수의 연구실 문을 두드리려고 다가온 도희는 문 앞에서 멈칫하고 말았다. 문이 살짝 열려 있어 연구실 안의 대화가 들려왔기 때문이다. 잠시 후에 다시 오려고 몸을 돌렸던 도희는 귀에 익은 목소리에 발걸음을 멈추었다. 대학원에 입학한 지 한 달이 막 지난 후배가 교수와 이야기를 나누고 있었던 것이다.

"그래, 연구실 생활은 어떤가? 지낼 만한가?"

"네? 아, 뭐……. 괜찮습니다."

"어째 대답이 시원치 않은 것 같은데? 무슨 일이라도 있나?"

"그게……. 무슨 특별한 일이 있는 건 아니지만, 생각했던 것과 같진 않아서요."

"생각했던 것과 같진 않다……. 어떻게 생각을 했고 어떤 점이 다르다는 거지? 궁금해지는데?"

"사실……. 저는 대학원에 오면 공부를 하는 거라고 생각했거든요."

"그거야 당연하지. 설마 그게 생각했던 것 같지 않다는 건 아니겠지?"

"정확하게 이야기하면 공부만 하면 되는 줄 알았습니다."

"공부만? 어디 그럴 수야 있나. 밥도 먹고, 술도 마시고 그래야지."

"네? 아, 제 말은, 어떤 경우엔 밥이나 술도 못 먹을 정도로 다른 잡무가 많다는 거죠."

교수의 농담도 제대로 알아듣지 못할 정도로 긴장한 후배는 공부할 시간보다 다른 잡무에 더 많은 시간을 할애해야 하는 지금의 연구실 생활에 대해 조심스럽게 불만을 털어놓고 있었다.

'나도 저런 때가
있었지.'

도희는 자신이 대학원에 갓 입학했던 그때가 떠올랐다.

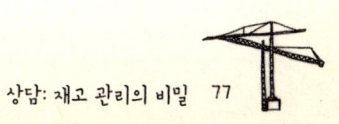

2

"음……. 그래, 그 말도 충분히 일리가 있지. 우리 연구실에서 지금 진행하는 프로젝트만도 꽤 여러 개니까, 공부할 시간이 많이 부족하겠지?"
"저는 공부를 하러 대학원에 온 거지, 잡무를 처리하러 온 게 아니잖아요? 사실 이런 줄 미리 알았다면 대학원에 오는 것도 다시 생각해봤을 겁니다."
"그 정도로 생각했던 말인가?"
"이런 사정을 알았다면, 외국 대학원으로 진학해서 공부를 계속하거나 차라리 취직을 하는 편이 나았을지도 몰라요."
"음……."
도희가 단순히 불평을 하는 것이 아니라 자신의 진로 선택 자체에 대해 회의하는 것처럼 보이자 교수는 생각에 잠겼다. 자신의 연구실에 있는 학생이 이 정도로 심각하게 생각을 한다는 것을 미처 알지 못했다는 것이 미안했다.
"정부 과제를 수행하면서 발생하는 그 많은 서류 작업을 비롯한 잡무를, 왜 대학원생들이 처리해야 하는 거죠? 외국에서는 그런 걸 대학원에서 처리하지 않는다고 알고 있습니다. 연구에 전념하게 보장해주지 않으면, 좋은 논문이 나올 수 없다는 건 불 보듯 뻔한 것 아닌가요?"

도희는 마치 그동안 누가 물어보기를 기다리고 있었다는 듯 불만을 쏟아냈다.

"일단 내가 많이 반성해야겠군. 학생들이 이런 생각을 하는 줄도 몰랐으니 말이야."

"그런 의미로 말씀드린 건 아닙니다."

"음, 그럼, 그럼. 나도 자네를 탓하는 건 절대 아니네. 다만 학생들이 이 정도로 심각하게 고민하고 있는 것도 몰랐다는 점을 지도 교수로서 반성하는 거라네."

"……"

"그렇지만 벌써 평가를 내리기에는 조금 이른 감이 있지 않나? 지금 자네가 겪는 과정은 자네 선배들도 모두 겪었던 과정이야. 다들 그런 과정을 겪으면서 조금씩 성장해 갔지. 혹시 연구실에서 자네에게만 부당하게 일이 몰린다거나 그런 일이 있는 건 아니지?"

"네, 그런 일은 없습니다."

"그래. 만약 그런 일이 있다면 문제가 되겠지만, 그런 것이 아니라면 과정에 맞는 시련이 있다고 나는 생각하네. 자네, 소림사 알지?"

"네? 갑자기 웬 소림사?"

"소림사에서도 무술을 배우기까지 빗자루질만 삼 년은 해야 하는 법이거든"

"그렇지만, 외국 대학원에서는 아무도 그렇게 하지 않는데, 왜 이런 일을 계속해야 하지요?"

"물론 자네 말처럼, 외국 대학원에서는 이런 잡무가 주어지지 않지. 그렇지만 국내의 실정과 외국의 실정을 곧바로 비교하는 건 무리가 있다고 보네. 그리고 자네 말처럼 그렇게 무조건 부정적으로만 생각할 것도 아니야."

"설마 이런 일에도 긍정적인 부분이 있다고 보시는 건가요?"

도희는 그런 일은 있을 수 없다는 듯 눈을 동그랗게 뜨고 쳐다보았다. 교수는 웃음을 지그시 참으며 책장에서 몇 개의 논문을 들고 왔다.

"물론이지. 자네 선배 중에도 정부 과제를 수행하면서 논문의 주제를 정한 사람이 적지 않아. 지금 여기 가져온 논문이 그런 경우지. 그중에 굉장히 잘 쓴 것도 있어. 나도 깜짝 놀랐지."

"그렇지만 이게 무슨 관련이 있나요?"

"관련이 있고말고. 정부 과제를 수행하다보면 참신한 주제를 찾기도 쉽고, 주제를 정한 이후에 연구를 진행하는 데도 도움이 많이 되거든. 자네는 아직 석사 1학기밖에 안 됐으니 논문에 대해 본격적으로 생각해보지 않았겠지만, 이제 논문에 대해 고민하다 보면 자신도 모르는 새에 많은 도움이 된다는 걸 알게 될 거야."

"……."

"일반적으로 외국에 나가면 더 넓은 시각에서 배우고 잡무에서 해방되어 더 공부할 시간이 많을 것이라고 생각하지만, 다른 측면에서도 고려해볼 필요가 있어. 즉, 어쨌거나 자네가 한국의 건축과 건설 현장의 관리에 관심이 있다면 향후 어떠한 방향으로 일을 하든지 간에 한국적인 실정을 알아둘 필요가 있어. 책에서 배우는 이론으로는 해결될 수 없는 진짜 체험 말이야. 아무리 똑똑한 자네라도 그런 경험 없이는 책상물림에 지나지 않기 때문에, 실제 현장에서는 이론과 현실 사이에 놓인 벽을 느끼게 될 거야. 이러저러한 프로젝트로 다양한 상황과 모델을 먼저 경험해본다는 것은 간과할 수 없는 중요한 부분이야. 지금 당장의 일만 생각하기보단 좀 더 멀리 보고 넓게 생각해보면 좋겠네."

교수의 얘기를 듣고도 도희는 아무 말이 없었다.

'설마……. 공부를 포기한다거나 그런 건 아니겠지. 워낙 예측할 수 없는 행동을 잘하니 불안해서…….'

그런 교수의 마음을 아는지 모르는지 도희는 계속 턱을 괴고 생각에 잠겨 있었다.

3

"아, 그래! 도 조교, 내가 문제를 낼 테니 한번 풀어 보게."
"어떤 문제이지요?"
"허허, 잘 생각해보라구."

> "재고 관리⁶를 할 때 모니터링의 간격이 긴 것이 좋겠는가 아니면 짧은 것이 좋겠는가?"

"교수님 그건 체크하는 시간이 짧으면 짧을수록 좋은 거 아닌가요?"
"글쎄, 꼭 그렇지만은 않아. 이 결과를 한번 보게나."

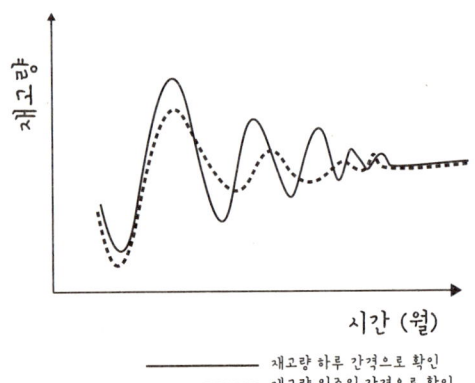

―――――― 재고량 하루 간격으로 확인
-------- 재고량 일주일 간격으로 확인

―――――
6 재고 관리
기업이 능률적이고 계속적인 생산 활동을 위해 재료나 제품의 보유량을 적절하게 계획하고 통제하는 일로서, 원자재 관리와 상품 관리의 두 가지가 있다.

"어느 순간 판매가 급증했다고 치세. 재고량을 매일 확인할 때보다 오히려 한 주일 간격으로 확인할 때 재고량의 변화가 더 안정적이야. 확인하는 시간이 너무 짧으면 오히려 회사의 재고 관리 측면에서는 좋지 못한 결과를 나타낸단 말이지."
"어떻게 이렇게 되는지 궁금하네요."

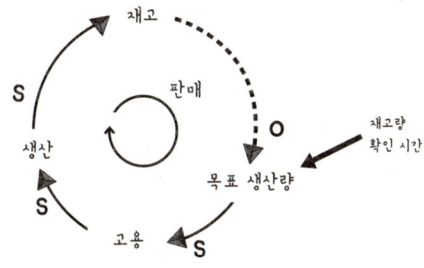

"이 그림을 보게. 갑자기 주문이 늘어날 경우 목표 생산량을 새로 정해야 하는데 이걸 어떻게 하는 게 좋지?"
"음, 주문량 대비 재고량을 비교해서 정해야 하죠."
"그렇지. 인력 고용을 늘리면 생산이 늘어나고 이는 곧 재고 증가로 이어지지. 그러면 늘어난 재고를 줄이려고 목표 생산량을 낮춰 다시 인력 고용을 줄이게 돼서 재고가 적당한 수준으로 유지돼. 이게 재고 관리의 기본이지."

"네."

"그런데 재고량 확인 시간이 너무 짧으면 목표 생산량 변동도 심해져. 거기에 따라 인력 고용도 영향을 받으니 시스템이 불안정해져서 그 진폭은 더 커지게 된다네. 어떤가?"

"음……. 이상하네요? 재고가 안정화하는 시간은 비슷하지만 모니터링을 너무 자주하면 그 진폭이 커져 안정성은 저하되는군요."

"그렇지! 이걸 보면 어떤 생각이 드나? 뭔가 느끼는 바가 없나?"

"음……. 제가 너무 성급하게 생각했던 것 같습니다."

"아니, 아니, 그런 건 아니네. 지금 도 조교와 같은 입장에선 충분히 그런 생각을 할 수 있지. 다만 당장의 상황을 너무 자주 확인하는 게 꼭 좋은 건 아니야. 별일이 아닌데 오히려 크게 볼 수도 있고, 큰일인데 작게 볼 수도 있는 법이거든."

장난기 가득한 교수의 웃음소리와 함께 도희의 불만은 어느새 사라지고 있었다.

4

"어, 선배님!"

도희가 잠시 생각에 잠긴 사이, 교수와 이야기를 주고받던 후배가 연구실 밖에 나와 있었다.

"아, 교수님과 이야기는 끝났니?"

"네. 사실은, 저……. 대학원 그만둘까도 싶었는데, 교수님과 상담하고 생각을 바꿨어요. 좀 더 열심히 해보기로."

"그래? 잘 생각했네. 한번 결정한 사안에 대해서 돌아볼 때는 시간이 필요한 법이지. 처음부터 판단하고 조치를 취한다고 좋은 게 아니니까."

"어? 선배도 교수님과 비슷한 이야길 하시네요? 아무튼 너무 조급하게 생각하지 않으려구요."

후배는 한결 표정이 밝아져서 돌아갔다. 도희는 그런 후배의 뒷모습을 잠시 바라보다 교수의 연구실 문을 두드렸다.

"똑똑"

"네, 들어오세요."

"교수님, 지난 관악산 등반 사진입니다."

"오, 도 조교였군. 거기 좀 앉게. 그 사진이 벌써 나왔군.

자, 어디 사진 한번 볼까."

도희는 교수에게 사진이 담긴 꽤 두툼한 봉투를 내밀었다.

"사진이 아주 잘 나왔네! 그런데 수교 군은 아주 얼굴이 시뻘겋군. 그래도 우리 연구실 사람들은 이 정도는 아닌데 말이야. 흐흐흐……."

도희도 교수와 함께 빙긋거렸다.

"역시 도 조교가 사진을 참 잘 찍는단 말이야. 도 조교가 연구실에 들어오기 전에는 경직된 포즈에 그마저도 사진이 죄다 흔들렸는데……. 다들 사진 찍는 걸 어려워했지. 도 조교가 학부 때 사진 동아리에 있었다고 했지?"

"네, 취미로 동아리 활동을 했습니다."

"맞아, 그래서 그런지 사진이 아주 좋아. 어디 보자……. 그런데 도 조교가 만날 사진을 찍어주다 보니 정작 본인이 나온 사진이 없구만. 음……. 다음엔 도 조교도 같이 사진을 찍자구."

"저는 원래 사진 찍히는 건 싫어해요."

"그런가. 그래도 만날 찍어주기만 해서야 쓰나. 언젠가 같이 사진 찍고 싶은 사람도 생기겠지. 안 그런가? 흐흐흐."
여느 때와 다름없는 교수의 장난 어린 말이었지만, 도희는 새삼 얼굴이 붉어지는 것을 느꼈다.
"어? 도 조교 얼굴이 빨개지는데? 이거 요즘 좋은 소식이 있는 건가? 흐흐흐."
좀처럼 표정 변화가 없는 도희의 얼굴이 붉어지는 것을 교수는 놓치지 않았다.
"아, 아닙니다. 그럼 이만 나가보겠습니다!"
도희는 더욱 붉어진 얼굴을 푹 숙이고 황급히 연구실을 빠져나갔다.

시스템 다이내믹스(SD: System Dynamics)란?

1. 시스템 다이내믹스의 개념

시스템 다이내믹스는 1950년대 말 MIT의 포레스터 교수에 의해 개발된, 현상이나 상황을 분석하는 기법이다. 기존의 분석 기법들이 현상을 시간의 흐름에 대한 고려 없이 정적(Static)인 시스템으로 단순화하고 요소들간의 상호 영향을 제한적으로 고려하였다면, 시스템 다이내믹스는 시스템과 그 구성 요소들이 시간의 흐름에 따라 동적(Dynamic)인 특성을 가지는 데 주목한다. 이에 따르면 수많은 요소들 간의 상호 작용은 시간의 흐름에 따라 달라지는 피드백 관계를 가진다. 어떠한 현상의 변화 과정을 살피고 미래의 변화 방향을 예측하는 기존의 기법과 달리, 시스템 다이내믹스는 현상의 인과관계를 분석하여 그 구조를 파악하는 것에 좀 더 초점을 맞추고 있다.

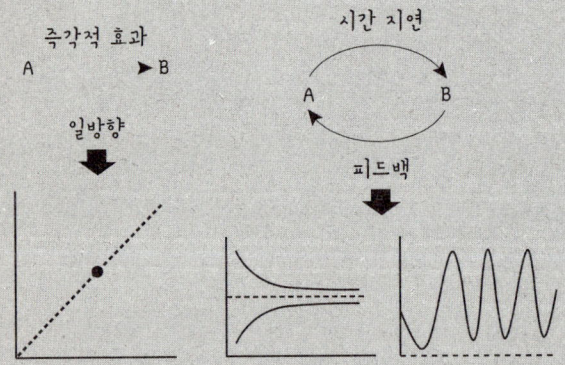

이처럼 시스템 다이내믹스 기법은 현상의 구조와 영향 요소들 간의 관계를 파악할 수 있게 한다. 또한 영향 요소들을 변화시켰을 때 어떠한 결과가 발생할 것인가를 예측할 수 있게 하며, 이를 토대로 원하는 결과가 나올 수 있도록 적절한 조치를 취할 수 있게 한다. 현재 시스템 다이내믹스는 엔지니어링, 환경과학, 사회과학, 경제학, 소프트웨어 개발, 컨설팅 등 다양한 분야에 적용되고 있다.

2. 시스템 다이내믹스의 작동 원리

시스템 다이내믹스 기법을 이용하는 기본적인 방법은 인과관계 다이어그램(CLD; Causal-Loop Diagram)을 이용하는 것이다. 인과관계 다이어그램은 영향 요소들이 무엇인지를 정리한 다음, 요소들 간의 상호작용을 양(Positive, S) 또는 음(Negative, O)의 피드백 관계로 표현하여 정리한 그림이다.

이처럼 현상과 관련된 요소들간의 관계를 구성, 표현하면 균형(Balancing)루프와 자기강화(Reinforcing) 루프라는 두 종류의 순환 구조가 형성된다. 균형 루프는 스스로 균형 잡힌 상태를 유지하려는 순환 구조를 말한다. 강화 루프는 이와 반대로 선순환이나 악순환 구조를 가지는 경우로서 상황을 극단적으로 강화하려는 순환 구조를 말한다.

균형 루프의 예로 특정 시장의 가격이 일정하게 유지되는 상황을 들 수 있다. 가격이 상승하면 이익은 증가하지만, 이익의 증가는 시장의 매력도를 높이기 때문에 경쟁자의 수가 증가한다. 경쟁자가 증가하면 자연스럽게 가격 경쟁이 발생하므로 가격을 낮추어 적정한 수준의 가격이 유지된다.

강화 루프의 예로는 잘 만든 영화의 흥행과 관련된 상황을 들 수 있다. 영화를 보고 만족한 관람객은 주위에 영화를 칭찬하게 되며, 이에 따라 영화를 보는 사람이 증가한다. 이렇게 영화 보는 사람이 증가하면, 영화에 대한 칭찬의 글이나 말이 기하급수적으로 증가하게 된다.

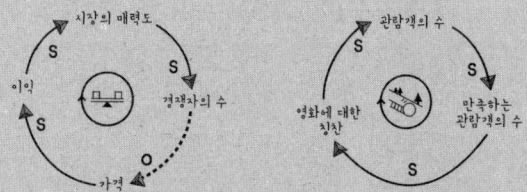

4. 참고문헌

- 김도훈 외 2인, "시스템 다이내믹스", 대영문화사, 2001.
- 이현수 외 3인, "시스템 다이내믹스모델을 이용한 국내 설계시공 일괄입찰 발주 방식 특성 분석", 한국건설관리학회, 2007.
- 한국 시스템다이내믹스학회, '시스템 사고의 이해', 2006.

해운대: NSPS

/

"거기 제안서 좀 가져와봐!"
"따르릉~"
"네, 다윗개발입니다."
"부장님!"

정적이라곤 잠시도 없는 사무실. 분주한 이들 사이로 도면이 여기저기 책상을 덮고 있다. 삼일간의 야근으로 녹초가 된 수교는 복도에 있는 소파에 누워 잠시 눈을 붙이려고 했다. 그러나 수교의 머리는 각종 서류와 도면이 어지럽게 흩어져 있는 듯 답답하기만 했다. 잠이 오지 않아 벌떡 일어나 앉은 수교는, 문득 얼마 전 교수와의 만남이 떠올랐다.

"그래서, 자네가 다시 다윗개발에 입사한 이유는 무엇인가?"
"네? 뭐……. 저도 삼풍을 떠나서 많은 생각을 했습니다. 그런데 솔직히 억울하더라구요. 제가 잘못한 것도 아닌데. 운이 없었다고 생각했습니다. 그래서 다른 회사에서 새롭게 시작하려고 했습니다. 사실 다윗에 들어가기도 쉽진 않았습니다. 교수님도 아시다시피 이 바닥이 워낙 좁지 않습니까."
"그렇지. 내가 볼 때 자네는 아주 귀한 경험을 했어. 돈 주고도 살 수 없는 경험이지. 그런데 아직 그 경험을 100% 활용하진 못하는 것 같군."
"네? 그게 무슨 말씀이십니까?"
"자네도 모르는 걸 내가 어떻게 알겠나? 허허."
"……."
"그래 회사에선 무슨 일을 맡았나?"
"아, 네. 이번에 해운대 트리플스퀘어의 입찰을 맡았습니다. 회사에서 아주 중요하게 생각하는 일입니다."
"음……. 그 정도 규모의 공사라면 과연 중요한 일이겠군."
"네, 제가 입사한 이후에 맡은 일 중에 가장 규모가 큽니다."
"그래, 어디 한번 잘 해보라구!"

의미심장한 교수의 말이 생각나자 수교는 골똘히 생각에

잠겼다.

'아무튼 이번 해운대 트리플스퀘어 입찰은 아주 중요해. 입찰 자격도 우리 회사에 유리하고……. 이번엔 무슨 일이 있어도 수주를 해야 해!'

"성 대리님~ 성 대리님~"

시계를 보니 밖에 나온 지 십 분도 채 되지 않았는데 벌써 호출이다. 각오를 굳게 다진 수교는 벌떡 일어나 사무실로 발을 옮겼다.

"네. 들어갑니다!"

2

"자, 그럼 회의 시작하기 전에 기본적인 사안부터 확인하고 가자구. 성 대리, 이번 해운대 입찰 참여 업체에 대해서 간단하게 설명하지."

"네. 이번 해운대 턴키 입찰에는 다윗개발과 삼풍산업개발, 그리고 골리앗건설을 주축으로 세 개의 컨소시엄이 참여합니다. 삼풍과 골리앗이 우리보다 대기업이고 기술이나 규모에서는 앞설 것으로 예상되지만 지역 연고가 있는 것은 아닙니다. 우리는 부산에서 성장한 기업이라는 점에서 추가 점수를 받게 되므로, 대등한 경쟁이 될 것으로 보입니다."

"좋아. 그럼 설계 도면은?"

"이제 거의 완성 단계입니다. 입찰 조건에 거의 완벽하게 맞추고 있습니다."

"성 대리님이 설계 사무소에 거의 매일 출근을 하시던데요?"

사실 요즘 수교는 설계 사무소에 매일 방문하다시피 했다. 입찰 조건에 잘 맞추는지 하나부터 열까지 꼼꼼하게 확인해서 설계 사무소 쪽 직원 사이에 '독사'로 소문이 났다. 이러한 소문을 진작 들은 팀장도 수교가 기특하다는 듯 슬쩍 웃음을 지었다.

"아, 아닙니다. 저는 그저……."

"됐어. 성 대리 정도의 자세라면 해운대 입찰도 가능성이 충분하지. 여러분 모두 알다시피 이번 입찰에는 '부산 지역 건설업체'가 참여해야 한다는 조건이 붙었어. 이런 기회는 흔치 않아. 부산을 연고로 하는 우리 회사는 이런 유리한 찬스를 반드시 잡아야 한다구. 모두 이 사실을 염두에 두고 열심히 하자고!"

"네!"

무뚝뚝하기로 유명한 팀장이 그 정도로 말해준 것은 대

단한 칭찬이 아닐 수 없었다. 자신의 노력이 인정받는다는 생각에 수교도 은근히 기분이 좋았다.

'역시 노력은 사람을 배반하지 않아. 이제 두 번 다시 실패는 없다!'

수교는 온몸에서 힘이 솟는 것을 느꼈다. 이번에야말로 느낌이 좋았다.

"이야. 그렇게 지독한 사람한테 인정도 받고. 성 대리님은 좋으시겠습니다~"

회의를 마치고 나오는 길에 옆에 바짝 붙어 있던 맹 대리가 말을 걸었다. 수교와 입사 동기이지만 경력직으로 입사한 수교와 달리 그는 대학을 졸업하고 바로 다윗개발에 입사한 터라 수교보다 대여섯 살이 어렸다. 수교는 투덜거리긴 해도 모든 일을 열심히 하는 그가 마음에 들었다.

"이렇게까지 하는데 해운대는 우리 회사가 따올 수 있겠죠?"

"그렇게 되도록 해야지!"

"성 대리님은 어디서 그런 기운이 나오는지 모르겠어요. 혼자 보약이라도 드시는 겁니까? 저는 어제오늘 집에 못 들어갔더니 아주 온몸이 다 쑤시는데요."

"어허~ 젊은 사람이 그 정도로 지치면 쓰나. 지금부터 시작인데. 이제 정말 코앞이라구. 이럴 때일수록 긴장을 풀지 말고 실수가 없는지 바짝 점검해야 해. 내가 삼풍에 있을 때 말인데……."

"성 대리님~ 서울시립박물관 얘기라면 벌써 귀에 못이 박이도록 들었습니다. 이번에는 입찰 전에 미리 부산에 내려가서 준비하니까 지하철 고장으로 못 가는 일은 없을 겁니다. 걱정 마세요."

머쓱해진 수교는 괜히 그의 어깨를 툭 쳤다.

"그러니까 결론은 열심히 하자는 거야. 일단 다들 모여서 기술 제안서부터 다시 검토하자구."

"네. 분부대로 하겠습니다."

수교는 자리에 앉아 자신이 준비해둔 문서를 다시 살펴보았다. 수교가 보기에 다윗개발은 골리앗건설이나 삼풍산업개발보다 기술 제안에서 점수를 많이 받지 못할 것이 분명하였다. 그래서 예전 삼풍산업개발에서의 경험을 살려서 입찰에 유리하게 작용할 수 있는 신기술을 찾아서 공부하고 적용성을 테스트한 것이다.

'이 정도면 기술 제안에서도 우리가 앞설 거야.'

수교는 스스로 만족할 만큼 열심히 했다는 생각이 들었다. 지난번에는 운이 따라주지 않았지만 이번에는 지역 연고라는 이점까지 안고 있었다.

"성 대리님. 다들 모였습니다."

혼자만의 생각에서 깨어난 수교는 걸음을 옮겼다. 팀원들을 만나러 가는 수교에게는 자신감이 가득했다.

3

오늘도 설계 사무소에서 마지막 점검을 하던 수교는 허겁지겁 사무실로 뛰어 들어왔다. 팀장이 해운대 입찰 공고가 변경되었다며 다급하게 수교를 찾았기 때문이다.
'이게 무슨 소리야. 마감이 얼마나 남았다고 공고가 변경되었다는 거야? 뭔가 착오가 있겠지.'
수교는 불안한 마음을 애써 지우며 사무실로 돌아왔다. 일단 팀장에게 확실히 확인할 필요가 있었다.

"이게 무슨 일입니까? 갑자기
공고 변경이라니요!"

"나도 방금 확인했네. 자네도 직접 확인하지."
팀장은 더 이상 말할 기운도 없다는 듯이 모니터를 수교 쪽으로 돌려놓았다.

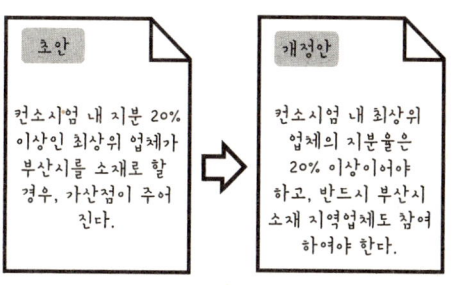

'이런 말도 안 되는 일이!'
수교는 모니터를 붙잡고 몇 번이나 확인했지만 신청 자격이 분명히 변경되어 있었다. 수교는 황급히 자신의 자리에 붙은 원래 공모 지침서를 가져와서 비교했다. 바로 어제까지만 해도 '컨소시엄 내 지분 20% 이상인 최상위 업체가 부산시를 소재로 할 경우, 가산점이 주어진다.'였는데, 오늘 공고는 '컨소시엄 내 최상위 업체의 지분율은 20% 이상이어야 하고, 반드시 부산시 소재 지역 업체도 참여하여야 한다.'였다. 마치 지역 업체를 위한 것처럼 변경했지만 사실상 부산시 소재의 업체를 최상위 업체에서

끌어내린 것과 같았다.

최소 한 달 이상 검토한 자료를 입찰 마감 직전에 부산시 소재의 업체에게 불리하게 변경하다니, 이해할 수 없는 일이었다. 충격을 받은 수교도 팀장과 마찬가지로 아무 말도 할 수 없었다. 이렇게 되면 다윗개발은 아주 불리해진다. 한동안 멍하게 서 있던 수교는 이대로 끝낼 수는 없다고 생각했다.

"팀장님, 삼풍과 골리앗 쪽 해운대 담당자 연락처를 알려주십시오."

"그건 알아서 뭐하려구?"

"연락이라도 넣어봐야죠. 이렇게 그냥 당할 수만은 없지 않습니까."

팀장은 수교를 한참 물끄러미 바라보다 말없이 손가락으로 책상 위를 가리켰다. 수교는 거기에 적힌 연락처를 들고 자리로 왔다.

4

수교는 먼저 삼풍산업개발에 전화를 걸었다. 전화기 버튼을 누르는 수교의 손가락에는 힘이 잔뜩 들어가 있었다.
'나도 삼풍에는 할 말이 많다고. 어디 한번 전화를 받아 보시지.'
"감사합니다. 삼풍산업개발입니다."
'아니, 이건 팀장님 목소리잖아.'
"여보세요?"
"아, 팀장님 저 수교입니다. 성수교."
"아~ 수교가? 니 다윗에 들어갔단 얘기는 들었다. 어떻게 지내노?"
단단히 벼르고 전화기를 든 수교였지만, 막상 함께 일했던 팀장이 전화를 받자 아무 말도 할 수가 없었다.
"이번 해운대 입찰 공고 변경된 것 보셨어요?"
"어, 봤지. 이렇게 공고가 급하게 변경돼가지고 정신이 없네……. 너희도 참여한다더만 미리 낌새를 좀 챘나?"
"아뇨. 저희도 전혀 몰랐던 일이라 당황스럽네요."
"어……. 뭐, 우리도 똑같지……."
수교는 하나 마나 똑같은 몇 마디를 하고 힘없이 전화를 끊었다. 당황한 기색이 역력한 삼풍 팀장의 목소리를 들

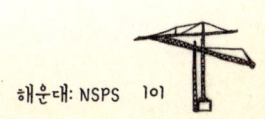

고 난 수교는 이미 기세가 한풀 꺾인 터였다. 삼풍 쪽에서도 미리 알아차리지 못했다는 위안 아닌 위안밖에 얻을 수 없었다. 골리앗 쪽에는 전화를 걸지 말까 하다가 밑져야 본전이라는 심정으로 수교는 천천히 전화기 버튼을 눌렀다.
"네, 감사합니다. 골리앗건설입니다."
"아, 수고하십니다. 여긴 다윗개발입니다."

"다윗에서 무슨 일이십니까?"

다윗개발이라는 신분을 밝히자마자 갑자기 냉랭해진 목소리에 가뜩이나 시무룩해져 전화를 걸었던 수교는 당황스러움에 말을 제대로 이을 수 없었다.
'뭐야, 이건. 뭔가 기분 나쁜 목소리인데.'
"용건이 있으면 그것만 이야기하십시오. 별다른 용건이 없으면 이만 끊겠습니다."
"아, 아니, 그게 아니라 이번 해운대 입찰 공고 변경 건 때문에 연락을 드렸습니다."
"아, 해운대 입찰 공고 변경이요. 그거라면 저희 쪽에서도 방금 전에 확인했습니다만."
해운대 입찰 이야기가 나오자 상대방은 한층 누그러진

목소리로 대답했다. 이에 약간은 용기를 얻은 수교가 다시 이야기를 시작했다.

"네, 그러셨군요. 저희도 그 문제로 전화를 드렸습니다."

"문제라니, 공고에 무슨 문제라도 있습니까?"

날카로운 상대방의 목소리에 수교는 다시 당황하지 않을 수 없었다. 마감 며칠 전에 급하게 바뀐 공고가 문제가 되지 않는다니. 수교로서는 이해할 수 없는 부분이었다.

"아니, 마감 직전에 이런 식으로 공고가 변경되었는데 아무 문제가 없다는 겁니까?"

"뭐, 저희 쪽도 당황스럽기는 마찬가지입니다만, 입찰 자격을 정하는 건 어차피 발주 측 마음 아닙니까? 입찰하는 쪽에서 문제 삼을 수 있는 것은 아니라고 봅니다."

"그렇지만 이건 너무 불합리하지 않습니까?"

"어쩔 수 있습니까? 힘없는 쪽에서 조건에 맞춰야지요."

골리앗건설이나 삼풍산업개발에 전화를 해본다고 해서 이미 결정된 공고가 다시 변경될 것이 아니었다. 당황스럽다고 말은 하지만, 마치 예견된 일이라는 듯한 골리앗건설 측의 여유로운 대처를 보았을 때 오히려 그쪽에서 외압을 넣은 게 아닌가 싶기도 했다. 다윗의 입장에서는 그저 참담한 상황이었다. 적막이 흐르는 사무실에서 수교는 눈을 감고 생각에 잠겼다.

5

"띠링"

수교가 자리에 멍하니 앉아 있는데 모니터 오른쪽 구석에 작은 박스가 떴다. '테미스'라는 대화명이 로그인 했다는 내용이었다.

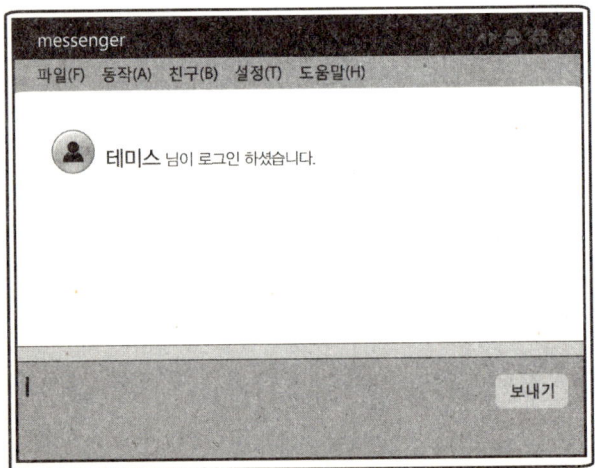

"저, 가끔 교수님께 이렇게 찾아와서 또 자문을 구해도 될까요?"
"음……. 나도 수교 군과의 대화가 아주 즐겁지만, 시간이 많지 않아서 말이야. 혹시 힘들게 시간을 내서 찾아왔는데 내가 만나지 못할 수도 있으니……. 아, 내가 아주 좋은 걸 하나 알려줌세."
교수는 메모지에 무언가를 적어 수교에게 건넸다.
"이건……?"
"메신저에 등록하라구. 내가 연구실에 있을 땐 항상 접속해 있으니 말이야."

교수님과 메신저로 대화를 하다니……. 솔직히 수교는 교수가 바쁘다는 핑계로 자신과의 만남을 피하려는 것이 아닐까 생각하기도 했다. 교수에게서 받은 메일 주소를 메신저에 등록하긴 했지만, 큰 기대를 가지지 않았다. 게다가 해운대 입찰 건으로 눈코 뜰 새 없이 바빠서 거의 자기 자리에 앉아보지도 못한 터였다. 그런데 교수는 정말로 메신저에 로그인해 있는 것이 아닌가. 수교는 모니터 앞으로 다가앉아 교수에게 말을 걸었다.

테미스 님과의 대화 - messenger

파일(F) 동작(A) 친구(B) 설정(T) 도움말(H)

[수교] 교수님!
[테미스] 오, 수교 군. 그동안 통 자리에 있질 않더니.
[수교] 네, 사실 해운대 입찰 준비로 많이 바빴습니다. 그런데 지금은 의욕을 상실한 상태입니다.
[테미스] 갑자기 무슨 일인가?
[수교] 해운대 입찰 공고가 하루 전에 갑자기 바뀌었습니다. 부산 지역 업체가 참여만 하면 되는 조건으로요. 골리앗과 삼풍도 참여하는 입찰인데…….
[테미스] 음, 그렇군. 우연히 공고가 변경된 건 아니겠지만.
[수교] 교수님도 역시 그렇게 생각하십니까?
[테미스] 그렇다고 무슨 변화가 있겠나? 어차피 입찰에서 만족시켜야 할 대상은 경쟁 업체가 아니라 발주 측 아닌가?
[수교] 그렇긴 하지만, 이건 너무 불공정합니다.
[테미스] 글쎄, 골리앗과 삼풍 입장에서는 이전 공고가 오히려 불공정하게 느껴졌을 거야. 자네도 좀 더 크게 볼 필요가 있지. 경쟁이 심해져서 업계의 이익이 줄어드는 것만 생각하고 있진 않나?
[테미스] 지역 업체 보호도 중요하지만, 가장 중요한 건 발주자를 만족시키는 것일 테니 말이야.
[수교] ……전 잘 이해가 안 됩니다. 승산 없는 싸움을 하는 것 같습니다.
[테미스] 그만한 일로 포기할 생각이면, 빨리 다 포기하고 산에나 들어가게. 중요한 건 앞으로 어떻게 할지를 생각하는 거야. 유리하고 불리하고를 따지는 게 아니라.
[수교] 그렇지만…….
[테미스] 아, 이번 입찰은 부산에서 하겠군. 날짜가 언제인가?
[수교] 다음 달 초입니다.
[테미스] 마침 잘됐군. 우리도 부산에서 학회가 있는데 말이야.
[수교] 그럼 교수님도 오십니까?
[테미스] 나는 마침 그때 출장이 있어서……. 나 대신 지난번 관악산에 함께 갔던 도 조교가 참석할 거야. 도 조교 통해 자네에게 말을 좀 전하도록 하겠네.
[수교] 무슨 말씀을? 지금 해주시면 안 됩니까?
[테미스] 내가 지금은 수업을 들어가야 하네. 도 조교와 부산에서 만나 이야기하게나.
[수교] 교수님!
〈테미스〉 님이 로그아웃 하셨습니다. 메시지를 전달할 수 없습니다.

보내기

수교가 다급하게 외쳤지만, 교수는 이미 자리를 떠난 후였다. 하긴 하고 싶은 말이 많다고 언제까지나 교수를 붙잡아둘 수도 없는 노릇이었다. 수교는 멍하니 화면을 바라보다 교수의 한마디에 시선이 멈췄다.

"중요한 건 앞으로 어떻게 할지를 생각하는 거야. 유리하고 불리하고를 따지는 게 아니라." 그렇다. 수교는 이렇게 멍하니 있어선 안 된다는 생각이 들어 벌떡 일어났다. 수교는 머릿속으로 남은 시간과 해야 할 일을 그려보았다. 방금 전까지 가졌던 분노의 감정은 잠시 잊기로 했다. 수교의 머릿속은 한 가지 생각으로 가득 찼다.

앞으로 어떻게 할 것인가.

6

"이야, 본사에 돌아오니 바다 냄새도 나고 전망 하나는 끝내줍니다! 역시 여름은 본사, 겨울은 서울 지사에서 보내야 된다니까요!"

"지금 전망이 눈에 들어와? 난 절망밖에 안 보인다."
"에이, 성 대리님은 다 좋은데 그게 문제라니까요. 바다 한번 쳐다본다고 시간이 부족해지는 것도 아닌데. 어차피 입찰 준비는 서울에서 다 끝내고 온 거잖아요."
사실 그의 말이 틀린 것은 아니었다. 맹 대리와 함께 이미 부산에 도착한 수교는 특별히 시간에 쫓길 이유가 없었다. 다만 바다를 감상할 마음의 여유가 없었을 뿐이다.
"그러지 말고 성 대리님도 시원하게 바다 구경이나 가시죠?"
"난 됐어. 차라리 로비에서 쉬고 있을게. 나 없는 동안 마음껏 바다를 즐기라고."
수교는 호텔 방이 답답하게 느껴져 로비에서 커피라도 마실 생각으로 내려갔다. 그러나 방을 벗어나면 조금은 맑아지리라 생각했던 머릿속엔 여전히 안개가 가득했다. 입찰 공고가 변경된 날부터 다시 이어진 야근, 그 무수한 밤이 머릿속에 뒤엉켜 있는 것 같았다.
'골리앗이랑 삼풍은 어떻게 나오려나. 아무래도 그쪽은 자금력이 있는데.'
경쟁 업체인 골리앗건설과 삼풍산업개발을 생각하며 걷던 수교의 주머니에서 묵직한 진동이 느껴졌다. 무슨 일이 생겼나 싶어 서둘러 휴대폰을 꺼낸 수교는 전화번호도 확인하지 못하고 급히 전화를 받았다.

"네, 다윗개발 성수교입니다."

"아, 저……."

"네? 무슨 일이십니까? 혹시 해운대 입찰 문제입니까?"

> "훗, 성격 급한 건 여전하시네요. 해운대
> 입찰에 사활을 걸었다는 말이 과장은
> 아닌가보군요."

방금 전까지 입찰에 대한 생각으로 가득했던 머릿속이 순식간에 텅 빈 것 같았다. 그렇게 기다렸던 도희의 목소리였다. 관악산에 다녀온 이후에 수교는 어떻게든 도희와 연락을 이어가려고 애썼지만, 도희는 자신을 피하는 것 같았다. 어쩌면 도희도 자신에게 마음이 있을지 모른다고 생각했던 수교로서는 알 수 없는 일이었다.

"여보세요? 선배님?"

"네? 아, 네, 무슨 일로……."

"교수님께 연락 못 받으셨나요?"

"아, 저도 교수님께 얘기 들었어요. 부산에는 언제쯤 오시나요?"

"이미 부산이에요. 학회 일정이 조금 변경되어서 하루 먼저 내려왔거든요."

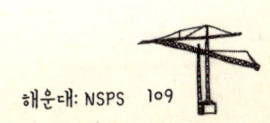

"그럼 편하신 시간에 그쪽으로 가겠습니다. 어차피 모레 심의 전에는 시간이 좀 있으니까요."

"아, 저는 학회 준비 때문에 시간 여유가 별로 없어서요. 혹시 지금은 어떠세요? 제가 묵는 곳은 W호텔……."

"어!"

수교는 멀리 구석 자리에서 전화를 들고 있는 도희를 발견하자 반가운 생각이 앞섰다. 그래서 후다닥 전화를 끊고 도희에게 다가갔다.

"이런 우연이! 마침 여기 묵고 있거든요. 이렇게 멀리 와서 보니 더 반가운 생각이 드네요, 하하."

"아, 네."

수교는 간만에 도희를 보자 그간 두 사람의 앞뒤 정황을 따질 겨를도 없이 기분이 좋아졌다. 학회 참석차 내려왔기 때문인지, 도희는 평소에 연구실에서 보던 편한 옷차림 대신 스커트 정장 차림이었다. 도희의 새로운 모습에 수교는 혼자 헤벌쭉하며 웃기만 했다.

"선배님. 그러면 어디에 앉아서……."

"……."

"선배님, 선배님, 뭐하시는 거예요?"

도희는 수교의 팔을 잡고 흔들었다. 멍하게 있던 수교는 그제야 정신을 차리곤, 쑥스러워서 머리를 긁적였다. 새침

한 표정으로 한참 수교를 노려보던 도희는 먼저 로비의 커피숍으로 걸음을 옮겼다. 수교는 허둥지둥 도희를 따라 커피숍으로 들어섰다.

"급하신 것 같아서 일정에 여유를 좀 냈는데, 그다지 급해보이진 않네요? 딴생각하느라 제 말도 못 들으시고."
"네? 아, 죄송해요, 제가 잠시……. 앞으로 조심할게요. 하하하……. 앗 뜨……!"
관악산 등반을 계기로 조금은 친근해졌다고 생각했던 수교는 도희의 뽀로통한 반응에 당황해서 멈칫했다. 수교는 뜨거운 커피를 정신없이 입에 댔다가 화들짝 놀랐다. 또 어떤 꼬투리를 잡힐까 불안한 마음에 뜨거운 것도 꾹 참고 찬물을 마셨다. 그런 수교의 눈에 문득 멀리 한 남자가 이쪽을 주시하고 있는 것이 보였.
'뭐야 저 남자는. 아주 뚫어져라 쳐다보네. 내 얼굴에 뭐가 묻었나? 아, 아니야, 지금 또 다른 데 정신 팔다가는 또 무슨 소릴 들을 수도 있어. 정신 바짝 차려야지.'
"그래서 해운대 입찰 건은 어떻게 하셨나요? 공고 변경에 대해선 알고 있어요."
"아, 그거요. 그건 남은 기간 동안……."
일 얘기가 나오자 수교는 차라리 다행이다 싶었다. 그래

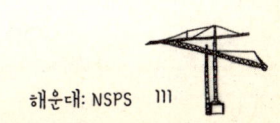

서 먼 곳에 앉아 있던 한 남자가 다가오고 있는 것도 알지 못한 채 신이 나서 이야기를 시작했다.

ㄱ

"난 또 누군가 했네. 이거 성수교 아냐."
"어, 너는……."
이야기에 빠져 정신이 없던 수교는 누군가 자신의 이름을 부르자 그제야 고개를 돌려 보았다. 자신을 뚫어져라 쳐다보던 그 남자는 대학 동창인 나영웅이었다.

"야, 성수교! 너 이번에 또 밀렸더라?"
"아, 몰라. 짜증 나니까 말 시키지 말라고."
"야야, 뭘 그렇게 짜증 내냐. 나영웅은 인간이 아니라니까. 어떻게 매 학기 올 'A'냐고."
"나는 아무리 학점을 잘 받아도 그렇게 살고 싶진 않더라. 그 자식은 만날 도서관밖에 모른다니까. 그렇게 공부밖에 모르는 녀석이랑 나를 비교하진 말아달라고!"
대학 시절, 수교와 친구들이 아무리 수군거려도 영웅은 아무런 신경을 쓰지 않는 것 같았다. 여전히 그는 도서관에서 공부에만 집중했고, 결국 최고의 성적으로 졸업해 바로 골리앗건설에 입사했다. 졸업 직후만 해도 삼풍산업개발의 수교와 골리앗건설의 영웅은 여전히 비교의 대상이 되곤 했다. 그러나 수교가 삼풍에서 퇴사한 이후 친구들은 더 이상 수교 앞에서 영웅의 이야기를 꺼내지 않았다. 수교는 영웅의 소식을 마지막으로 들은 게 언제인지 가물가물했다.

'하여간 이 중요한 시점에 또 만나다니, 저 재수 없는 자식. 아마 나보다 한 달인가 먼저 과장이 되었다고 한 것 같은데. 입찰 때문에 이쪽에 와 있는 모양이군.'
수교의 이런 마음을 아는지 모르는지, 영웅은 어느새 옆자리에 앉았다. 그런 영웅에게 수교가 발끈하려고 하는 찰나, 도희가 영웅에게 쏘아붙였다.
"동석해도 되는지 먼저 묻는 게 예의 아닌가요?"
"같은 학교 선후배, 동기 사이에 그런 것까지 지켜야 하나?"
도희와 영웅의 대화를 들으며 수교는 긴장했다. 감히 도희에게 접근하지 못했던 수교와 달리, 학부 때 영웅이 스토킹에 가깝도록 도희에게 적극적으로 다가갔던 것은 유명한 이야기였다. 그때 도희에게 제대로 차인 영웅은 공부도 포기하고 거의 폐인이 되었다. 수교가 유일하게 영

웅을 제치고 과 수석을 차지한 것이 바로 그때였다.

"그래서, 너는 부산까지 어쩐 일이야? 삼풍에서 퇴사했단 이야기는 들었어."

"어? 아……. 이번에 해운대 입찰 때문에……."

"아, 그래? 삼풍에 다시 들어간 거야? 잘됐네!"

"아니. 나 지금은 다윗개발에 다녀."

"다윗? 아……. 알아, 알아."

수교는 자신을 동정하는 듯한 영웅의 표정을 바로 눈치챘다. 국내 굴지의 대기업에 다니는 영웅으로서는 쫓겨나다시피 회사를 그만두고 중견 기업에 다니는 수교가 불쌍해 보였을 것이다.

"그래서, 무슨 이야기 중이셨나?"

"……"

대답 없이 커피만 홀짝거리는 도희의 모습에 괜히 안절부절해진 수교가 나서서 분위기를 전환시키려고 했다.

"아, 저기 이번 해운대 입찰 공고 변경 건으로 이야기 중이었어. 아무래도 우리 회사는 그것 때문에 많이 곤란해져서 말이야."

"아, 그 이야기라면 우리도 무관하진 않은데? 그렇지만 이제야 그 이야길 해서 뭐하겠어?"

"뭐, 어쩔 수 없다는 건 잘 알지만……"

"생각해보면 이전의 조건이 너무 터무니없지 않았어? 지역 건설업체에게 일방적으로 유리했잖아."

"뭐? 그렇지만 이건 애초에 지역 건설업체가 최고 지분율을 가질 수 있도록 어드밴티지를 주는 거였잖아. 그런데 이렇게 참여만 하면 된다고 변경해버리면 사실상 우리처럼 입찰에 직접 참여하려던 업체에게는 좋을 게 하나도 없어."

"그러니까 그게 문제였다는 거야. 문제를 제거하고 결국 모든 업체가 공정하게 경쟁할 수 있게 만들었으니 이거야말로 제대로 된 거 아냐?"

"그렇지만 이렇게 공고 내용이 갑자기 변하면 지역 건설업체는 참여 자체에 위험 부담이 너무 크다고. 너희 같은 대기업에게는 별문제가 아닐지 몰라도, 우린 입찰 준비만으로도 엄청난 부담을 안고 뛰어드는 거란 말이야. 거기다 대기업에서 하듯이 뒤에서 힘을 쓸 수 있는 것도 아니고."

"힘?"

"그래."

"하하. 외압이 있었든 없었든 간에, 초기에 제시된 조건 자체가 불공정했는데 그걸 수정하는 게 무슨 문제가 된다는 거지?"

"음……. 그래도……."

"뭐, 이제 와서 결과가 바뀌진 않을 테니 이런 이야기는 다음에 하자. 난 이만 가볼게. 앞으로 연락이나 하면서 지내자고."

영웅은 명함 두 장을 꺼내서 수교와 도희 사이에 두고 갔다. 수교가 멍하니 바라본 명함에는 골리앗건설의 로고와 함께 팀장이란 직함이 번쩍였다.

"갑자기 나타나서 자기 혼자 실컷 떠들고 사라지다니, 여전히 불쾌한 사람이네, 흥."

수교와 영웅의 대화에 무관심하다는 듯 시종일관 귀찮은 표정이던 도희는 영웅이 떠난 후에야 입을 열었다. 그러나 수교는 도희의 이야기를 듣고도 멍한 상태에서 벗어날 수 없었다. 몇 년 만에 재회한 대학 시절의 라이벌. 그리고 더 이상은 라이벌이라 할 수 없는 현재의 상황. 수교는 갑자기 침울함을 느꼈다.

"지금 제 말 듣고 계신 거예요?"

"네? 아, 그게……."

"집중해서 들어주세요. 아무튼 교수님은 왜 하필 이때 출장을 가셔서……."

"아, 미안해요. 무슨 이야긴가요?"

"어차피 교수님이 전하라고 했던 이야기는 한마디예요."

"한마디요?"

" 'NSPS'. 교수님께서 그것만 기억하면 된다고 하시던데요?"

"'NSPS'? 그게 무슨……?"

"학교 다닐 때 교수님 수업 듣지 않으셨어요?"

도희는 자신이 할 일은 이제 끝났다는 듯 자리에서 일어나 계산서를 찾았다.

"아, 이건 제가……."

수교가 황급히 계산서를 잡아들자, 도희는 그런 수교를 힐끔 쳐다보고 고개를 까딱한 후 휙 돌아섰다. 수교는 멀어져가는 도희의 뒷모습을 멍하니 바라보았다.

'또 이렇게 보내고 나면 다시 멀어질지도 모르는데. 여자의 마음은 여자도 모른다더니……. 그나저나 교수님은 도대체 무슨 말씀을 하시려는 거지? 뭔가의 줄임말인 것 같긴 한데……. 정말 알 수 없는 일뿐이군!'

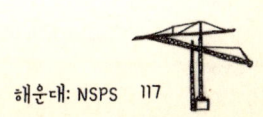

8

맹 대리가 소리친다.

"성 대리님!"

"어, 어?"

"도대체 왜 그러세요? 부산에 온 이후로 정신이 나간 사람 같아요. 그렇게 바짝 긴장해서 해운대 입찰만 쳐다보시더니, 이상해지셨어요."

"아, 아니야. 그냥 생각할 게 좀 있어서."

부산에 도착해서 도희와 영웅을 만난 이후, 수교의 머릿속에서는 그날 일이 끊임없이 반복 재생되고 있었다. 영웅을 생각하면 오기가 생겨서 열심히 입찰을 준비했지만, 도희가 던진 마지막 말이 떠오르면 그 뜻이 뭘까 궁금해져서 멍해지기 일쑤였다.

"성 대리님! 아직도 그 생각하시는 거예요?"

"정말, 아무리 생각해도 말이 안 되는 것 같아. 어떻게 그렇게 하루 만에 바뀌어버릴 수가 있지?"

"아, 제발 좀 잊어버리세요!"

"응, 그래야지……. 그런데 혹시 'NSPS'가 무슨 말인 줄 알아?"

"그게 무슨 말이에요? 무슨 기관 이름 같기도 하고."

"아냐, 됐어. 오늘이 최종 심사인데 여기에나 신경 써야지. 우리 계획서는 어디 있어?"

"아, 그거요. 그건 이쪽에……."

'그래, 일단 최종 심사 마칠 때까진 여기에만 집중하자!'

수교는 마음을 가다듬고 일에 집중하기로 했지만, 말처럼 쉽지 않았다. 어쩐지 'NSPS'의 의미를 알아야만 입찰도 잘 풀릴 것 같았기 때문이다. 그래서 입찰 장소에 도착하자 맹 대리에게 마지막 점검을 맡긴 채 잠시 밖으로 나왔다.

'그때 나영웅이 했던 이야기도 틀린 건 아냐. 공정한 경쟁이 이루어져야 한다는 건 교수님도 늘 강조하신 거잖아. 지난번 서울시립박물관 건도 그런 뜻으로 말씀하신 걸 테고. 근데 'NSPS'라니, 이건 대체 무슨 의미란 말이야?'

도희라면 이미 답을 알고 있을 것 같았지만, 지금 전화해서 물어본다고 해서 순순히 말해줄 것 같지 않았다. 수교는 답답한 마음이 풀리지 않아 주머니 속의 휴대폰만 만지작거렸다. 그때 갑작스러운 진동이 수교를 놀라게 했다. 발신 번호를 보니 도희였다.

"여보세요?"

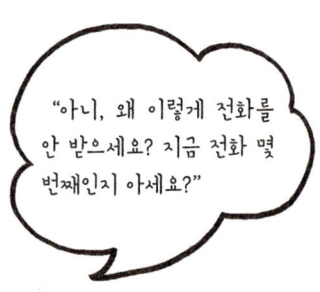

"아, 아니에요. 지금 입찰장에 와 있어서."

"그래요? 아직 시작은 안 했나 보네요."

"네. 아직은, 시작 전이에요."

"뭐……. 학회 끝나고 서울 가는 차 시간이 좀 남아서 전화드렸어요."

"아, 학회는 잘 끝났어요?"

"당연하죠. 그러니까 선배님도 힘내시라구요."

"하하, 뭐……."

"그렇게 대충 얼버무려선 될 일도 안 된다구요. 마음을 다부지게 먹어야지."

"하하, 어쩐지 힘이 좀 나네요. 그런데, 교수님이 전하라고 하셨던 'NSPS'는 도대체 무슨 뜻인가요? 실은 아무리 생각해도 답이 안 나와서요."

"에? 아직도 그걸 생각하고 있단 말이에요? 세상에, 졸업은 어떻게 하셨어요?"

"네? 아니, 그게……."

"교수님 수업 여러 번 들었다면서요? 완전 헛공부를 하셨네요."

"그게 아니라 좀 오래되기도 했고, 저는……."

"어이구. 서울시립박물관 건 들으셨죠? 그때 뭘 생각하셨어요?"

"뭐, 그거야, 물론 공정한 경쟁을 위한 장을 만들어줘야 하지만……."

"그러니까 공정 경쟁도 좋은데, 아직 경쟁력이 미비한 중소기업의 보호 육성이 필요한 때도 있는 거 아니냐? 그 얘기시죠?"

"그렇죠! 제 말이 바로 그거에요. 그러니까……."

"그렇지만, 늘 그렇다고 할 수 있나요?"

"네? 항상 그런 건 아니지만……."

"사실 이번 입찰 건이 투명하지 않았던 것에 대해서는 저도 유감스럽게 생각해요. 하지만 모든 일에는 다 그 나름의 이유가 있는 것이니 'NSPS'! 'No Single Perfect Solution'을 명심하고 다시 생각해봐요."

"성 대리님! 거기서 뭐하세요! 이제 마감 시간 다 됐어요.

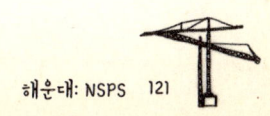

얼른 들어오세요!"

다급한 맹 대리의 목소리가 들려왔다.

"아, 선배님 찾는 모양이네요. 그럼, 어서 들어가 보세요. 행운을 빌어요."

"여보세요, 여보세요!"

이미 끊어진 전화에 대고 간절하게 외치는 수교에게 맹 대리가 다가왔다.

"성 대리님, 얼른 들어오시라니까요. 뭐하시는 거예요."

"너는 어쩜 이렇게 타이밍을 못 맞추냐?"

"네? 무슨 말씀이에요. 지금 들어가야 안 늦는다구요. 이것보다 절묘한 타이밍이 어디 있어요?"

"됐다. 너랑 무슨 말을 하겠니. 들어가자."

그러나 어리둥절한 표정의 맹 대리와 함께 심사장에 들어서는 수교는 한결 밝아진 표정이었다.

"자, 그럼 우리가 준비한 걸 제대로 펼쳐보자!"

9

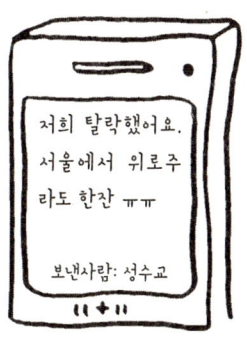

입찰 결과가 나오자 수교는 제일 먼저 도희에게 문자를 보냈다. 어차피 답이 오진 않겠지만 이렇게라도 결과를 알려야 할 것 같았다.
"네, 네, 아닙니다. 네, 네. 결국 낙찰은 골리앗 쪽이……."
거의 울상이 된 맹 대리는 회사에 전화를 거는지 옆에서 연신 고개를 조아리고 있었다. 그러나 다윗개발의 해운대 담당 팀은 결과에 대해 담담한 편이었다. 사실 공고가 변경된 후 입 밖으로 내뱉지는 않았지만 모두 이러한 결과를 예상하였기 때문이다. 다만 기적이 일어나기를 바랐던 것뿐.
"수고했어, 성 대리."

"아닙니다. 면목이 없습니다."

팀장은 수교의 어깨를 두어 번 두드려주고 이내 자리를 떴다. 아무리 예상했던 결과라지만 아무 상처도 없이 받아들일 수 있는 결과는 아니었다. 수교도 마음 한구석이 서늘하게 느껴졌다. 이번 입찰에 성공한 골리앗건설 팀이 심사장 반대편에서 자축하는 모습이 보였다. 수교는 그쪽으로 발길을 돌렸다.

"나 팀장, 축하해."

"아, 고마워. 경쟁이니까 어쩔 수 없긴 하지만 결과가 이렇게 돼서 미안한 마음도 드네."

"아니야. 네 말대로 공정한 경쟁이 되어야 하니까."

"하하, 그렇게 이해해준다니까 내가 한결 마음이 편해지는데?"

"근데, 네가 놓치고 있는 게 있더라."

"놓치다니?"

"대학 때 교수님 수업 기억해? 제일 중요한 걸 나도 깜박하고 있었거든."

"뜬금없이 무슨 소리야?"

"글쎄. 나도 꽤나 시간이 걸렸다. 너도 아마 시간 좀 들여야 할 거야."

수교는 빙긋 웃으며 뒤돌아섰다. 영웅은 영문을 모르겠다는 표정으로 심사장을 빠져나가는 수교의 뒷모습을 바라보았다. 그러나 이내 공사 수주를 축하하는 팀원의 왁자지껄함에 섞여 돌아서고 말았다.

'그래, 내가 최선을 다한다고 모든 일이 마음대로 되는 건 아냐.'

그때 문득 주머니 속에서 진동이 느껴졌다.

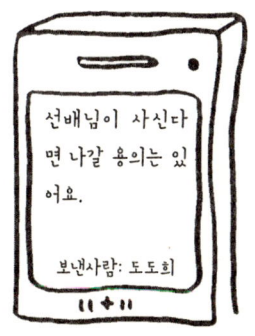

'인생사 새옹지마라는 게 이럴 때 쓰는 말인가?'

수교는 도희의 답문을 받고는, 입찰 탈락으로 섭섭했던 마음이 조금이나마 위로받음을 느꼈다.

상담: 회장님

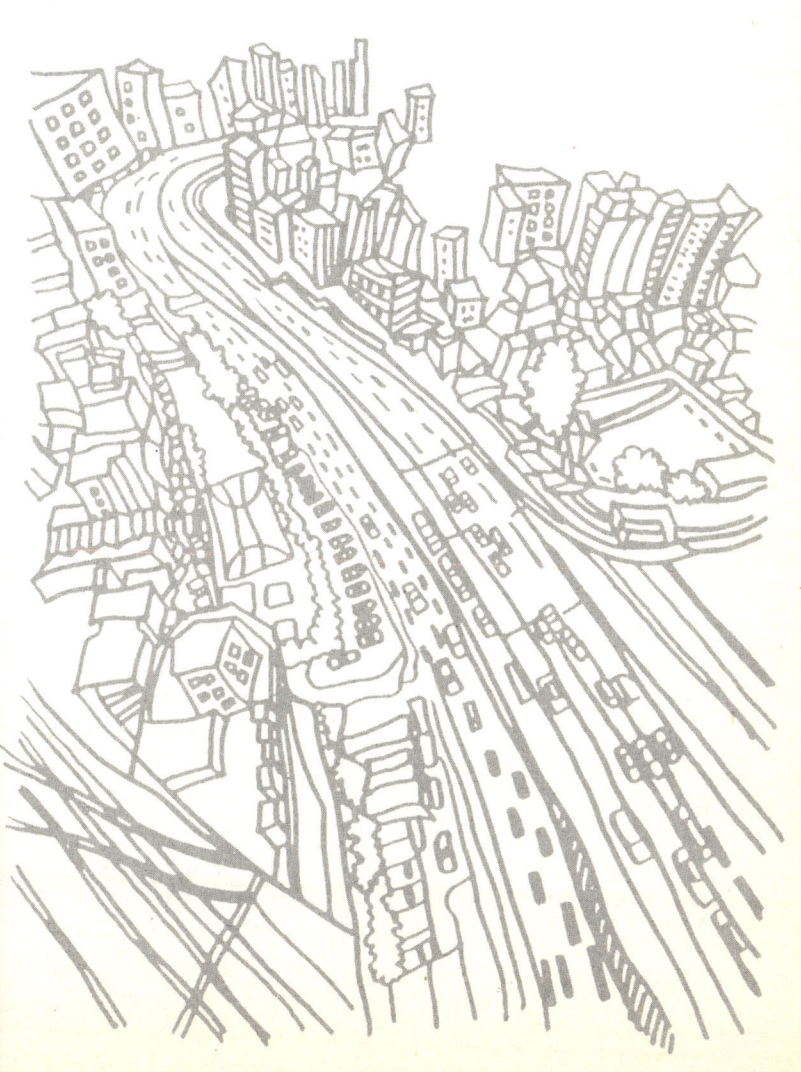

/

"똑똑"

"네, 들어오세요."

"교수님, 안녕하십니까."

"오, 수교 군 아닌가. 어서 오게. 그래, 해운대 건은 어떻게 됐어?"

"아, 그게……."

해운대 입찰 결과가 궁금했던 교수는 수교가 자리에 앉기도 전에 질문부터 던졌다. 수교는 어떻게 대답을 해야 하나 망설였다. 그런 수교의 모습을 보고 결과를 짐작한 교수는 화제를 돌리려고 했다.

"일단 여기 좀 앉게. 사람을 앉으란 소리도 없이……. 내가 요즘 이렇게 정신이 없다네, 허허."

"아, 네. 도 조교는 아무 얘기 않던가요?"

"응? 아, 도 조교야……. 워낙 도도해서 일부러 물어보지 않으면 얘기를 듣기 힘들지."

"하하, 무슨 말씀이신지 저도 압니다."

교수의 농담에 웃으면서도 수교는 의아한 생각이 들었다. 교수와 만나서 이야기해보라고 먼저 권한 사람은 도희였는데. 수교는 부산에서 올라오자마자 도희에게 전화를 건 일을 떠올렸다.

"여보세요."

"아, 여보세요. 저 성수교입니다."

"아, 선배님. 무슨 일이신가요?"

"아, 그게……. 부산에서 도움도 많이 받았고, 문자 보냈던 거……."

"아, 그거요. 신경 쓰지 마세요. 저는 그냥 할 일을 했을 뿐인데요."

"아니, 그래도……. 언제 한잔 살게요."

"교수님과 먼저 만나 이야기해보는 건 어떨까요? 선배님

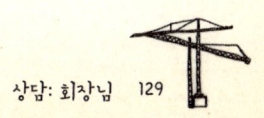

도 바쁘실 테고, 저도 당분간은 도저히 시간이 나지 않을 것 같아요. 정말 괜찮으니까 신경 쓰지 마세요. 그럼 이만."
가까워질 듯하면 멀어지는 도희를 생각하며 수교는 어떻게 해야 할지 감을 잡을 수가 없었다. 이렇게 수교가 도희와의 통화를 기억하는 동안 교수의 연구실 안에는 정적이 흘렀다. 교수는 의아해하며 수교를 바라보았다.
"그래……. 해운대 건이 잘 풀리지 않은 모양이지?"
"아, 네……. 사실은 그것 때문에 교수님을 찾아왔습니다."
"오, 그것 때문에 나를 찾아왔다고? 어디 한번 자네 얘기를 들어볼까?"

2

"그랬군. 나도 부산에 가서 자네와 이야기를 나눴다면 좋았겠지만 그땐 마침 빠질 수 없는 일이 있었네. 하지만 내가 하고 싶은 이야기는 도 조교에게 전하도록 부탁했는데, 도 조교가 전하지 않던가?"
"아닙니다. 교수님께서 말씀하신 내용은 분명히 들었습니다. 거기에 대해서 생각도 해봤구요."
"음, 그런데?"

"그런데……. 솔직히 이번 일은 왜 그렇게 됐는지 아직도 잘 모르겠습니다. 'NSPS'라는 교수님 말씀이 해운대 입찰 공고 변경에 대한 제 생각을 정리하는데 결정적인 도움을 준 것은 맞습니다."

"오, 그런데 아직도 잘 모르겠다는 건 어째서인가?"

"사실, 그래서 입찰 결과가 나왔을 때도 담담하게 받아들이려고 애를 썼습니다. 그런데 그렇게 열심히 했는데도 실패하는 일이 있다고 생각하니까, 내가 무언가 잘못 알고 있는 건 아닐까 싶었습니다. 아니면 제대로 알고 있다고 하더라도, 그게 무슨 도움이 되는가 싶기도 하고……. 어느 쪽이든 기운이 빠지긴 마찬가지더라구요."

"허허, 그래?"

"네……. 그래서 교수님 말씀을 듣고 싶었습니다. 아무래도 제가 방향을 잘못 잡고 있는 걸까요?"

"하하. 정부 측에서도 많은 고민 끝에 정한 일이겠지. 하지만 정부에서 어디에 초점을 맞출지에 대해서 정확하게 예상할 수는 없어. 입찰 과정에서의 투명성을 보장해주는 것이 정부의 중요한 역할이긴 하지만, 또 다른 입장도 있을 수 있지 않겠나? 이를테면 해운대 프로젝트에서는 효율성이 초점일 수도 있겠군. 부산시에서 공사를 빨리 끝내는 것을 원해서 그렇게 바꿨었을 수도 있고. 물론 수교 자네나, 자네 회사 입장에서는 불합리하다고 여길 수 있지. 투명성이 효율성에 희생되었다고 할 수도 있을 테고. 하지만 효율성도 투명성만큼 프로젝트에서 중요한 부분이야. 이번에는 투명성을 희생시킬 만큼 효율성이 중요했다고 할 수 있을 거야. 자네는 아직 'NSPS'를 확실히 이해하지 못한 것 같군. 허허허"

"네, 교수님."

"그건 그렇고……. 자네와 이렇게 앉아 있으니, 옛날 일이 생각나는군. 어디, 내가 자네처럼 건설 회사에 다니던 시절 이야기 좀 들어보겠나?"

"네? 교수님께서 건설 회사를 다니셨다구요?"

"허허, 왜, 나 같은 귀공자 스타일은 건설 회사 다니면 안 된다는 건가?"

"그, 그게 아니라……. 교수님께서 건설 회사를 다니셨던 건 몰랐습니다."

"오랜 기간은 아니지만, 나도 그런 적이 있었지. 자네 애길 들으니 나도 그때 생각이 좀 나는군."

3

"따르릉 따르릉"

"네, 대린건설 해외사업부입니다."

"이봐, 지난번 프로젝트 서류 검토 끝났으면, 내 방으로 가져와."

"네, 알겠습니다!"

"그래, 이게 지난번 필리핀 프로젝트에 관한 보고서인가?"

"네. 그때 입찰 상황과 결과를 정리한 보고서입니다."

"음……. 이때도 입찰 금액 자체는 우리가 더 낮았단 말이지?"

"네, 그렇습니다. 아마도 발주 측에서 우리의 현장 경험 부족을 우려한 것 같습니다."

"그렇군……. 이건 그렇고 다음 프로젝트는 말레이시아였던가? 준비는 어떻게 되어가나?"

"지금까지 별다른 문제없이 순조롭습니다."

"그래. 이번 말레이시아 프로젝트는 회장님도 크게 관심 갖고 계시다고 하더군. 이번 일만 잘되면 자네도 회장님께 따로 격려를 받을 거야. 한번 잘 추진해 보라구."

"네, 알겠습니다!"

의욕적이었던 그는 며칠 밤을 꼬박 새우며 입찰을 준비

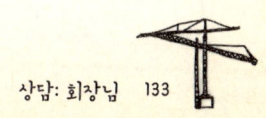

했다. 어떤 부분에서도 뒤지지 않는다는 확신을 가지고 말레이시아행 비행기에 올랐다. 그러나 결과는 또 다시 실패였다. 이번에는 영어로 의사소통이 되지 않는다는 것이 문제가 되어 다른 외국 업체에게 밀린 것이다.

그는 혼란스러웠다. 자신이 학교에서 배운 것과 현실은 너무나 달랐기 때문이다. 낮은 가격을 비롯하여 좋은 조건을 제시한다면 입찰에 성공하는 것이 당연한데, 현실에서는 꼭 그렇게 되는 것이 아니었다.

결국 그는 회사에 휴가를 신청했다.

"그래, 자네 마음도 모르는 건 아니야. 어디 조용한 데라도 가서 며칠 푹 쉬면서 다 털어버리고 오라구."

팀장은 그렇게 말했지만, 그는 휴가 내내 집에서 한 발자국도 나오지 않았다. 걸려오는 전화도 받지 않았다. 그저 가만히 앉아서 학교에서 배운 것이 무슨 의미가 있는지, 회사를 다니는 것은 무슨 의미가 있는지 골똘히 고민하였다. 그렇게 며칠이 흘렀는지 모를 어느 날이었다. 그에게 휴가가 언제 끝나는가는 중요하지 않았다. 다시 회사에 출근해야 한다는 생각도 사라져갔다. 이대로 그만두는 게 낫지 않을까 생각하게까지 된 것이다.

"따르릉따르릉"　　　"따르릉따르릉"

"따르릉따르릉"

전화가 끊임없이 울려댔다. 새벽녘까지 잠을 이루지 못하다 간신히 잠든 그는 전화를 내던져버리고 싶은 충동을 겨우 참고 전화를 받았다.

"누구세요?"

짜증이 한껏 묻어난 목소리로 '여보세요'도 아닌 '누구세요'를 외친 그에게 돌아오는 목소리는 더 짜증이 난 상태였다.

"이봐, 자네 제정신이야? 휴가는 그저께 끝났다구. 이 사람이 하루 더 놔두니까 정신을 못 차리는군."
"아, 팀장님……. 근데 전 이제 다시 출근할 마음이 없습니다. 저는……."
"잠이 덜 깼어? 헛소리 집어치우고 당장 깔끔하게 차려입고 회사로 튀어 와! 회장님이 자넬 보자고 하시네."
"네? 어디 회장님이요?"
"회장님이 우리 회장님이지 또 누가 있어?"

4

대린건설 회장실에 온 그는 꿈인지 생시인지 구분할 수가 없었다. 임원급도 아닌 한낱 대리가 회장실에 올 일은 거의 없었다. 하물며 회장과의 단독 면담이라니.
'믿을 수 없어. 진짜 회장님이 날 보자고 하시다니.'
팀장이 외친 '회장님'이라는 말에 이불을 차고 벌떡 일어나서 정신없이 양복을 차려 입고 회사에 나오긴 했지만, 그는 전혀 실감이 나지 않았다. 지금 회장실 문 앞에 와서야 비로소 실감이 나기 시작한 것이다.
"글쎄, 이번 말레이시아 프로젝트 때문인 것 같긴 한데. 워낙 관심이 많으셨으니까. 그렇다고 자네에게 직접 문책이 떨어지진 않을 거야. 걱정하지 말고 빨리 오기나 해."
팀장은 그렇게 말했지만, 그로선 긴장하지 않을 수 없었다. 성공하지 못한 프로젝트를 실질적으로 담당한 실무자에게 할 이야기란, 문책뿐이라고 생각했기 때문이다.

"안으로 들어가시죠."
비서의 안내를 받아 그는 마침내 회장실로 들어갔다.
"회장님, 저를 찾으셨다고 들었습니다."
"오, 그랬지. 자 여기로 앉게. 김 비서, 우리 차 한 잔씩 부탁하네."
그는 사보에서 사진으로나 보던 회장이 눈앞에 있다는 것이 믿기지 않았다. 회장이 권하는 자리에 어떻게 앉았는지 기억도 나지 않을 만큼 다리가 덜덜 떨렸다.
"허허, 자네 긴장하고 있나?"
"네? 아, 아닙니다."
"들리는 얘기론, 입찰장에는 전혀 긴장하지 않고 배짱 있게 들어간다던데……. 허허."
그는 회장이 자신에 대해 미리 알아보았다는 점에 다시 한 번 놀랐다.
'역시……. 회장이란 사람은 다르구나……. 이제 뭐라고 할까? 책임을 물으려면 그냥 해고하면 될 텐데, 굳이 부른

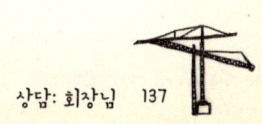

상담: 회장님

이유는 뭐지?'

이런저런 생각으로 그의 머릿속이 복잡할 때, 회장은 그런 마음을 안다는 듯이 싱긋 웃으며 말을 이었다.

"도대체 이 사람이 나를 왜 불렀나……. 그런 생각을 하지? 허허. 너무 긴장하지 말게. 나는 그냥 이번 프로젝트의 실무 담당자를 만나보고 싶었을 뿐이네. 그랬더니 수주 팀 팀장이 자네를 추천하더군. 아주 의욕적인 친구라면서 말이야."

"아, 아닙니다. 과찬이십니다."

"그래, 이번 말레이시아 프로젝트 때문에 고생이 많았겠군."

"아닙니다. 좋은 결과를 가져오지 못해서 죄송합니다."

"아니야, 만약 입찰에 성공했다면 그보다 더 좋을 순 없었겠지만, 사실 그럴 거란 기대는 별로 안 했다네."

"네?"

"우리가 동남아 시역 프로젝트에 참여한 지 얼마나 됐지?"

"이제 삼 년째입니다."

"삼 년이라……. 지금까지 참여한 총 프로젝트 수는?"

"열 개가량 됩니다."

"그러니 말이야. 벌써 수주에 성공할 리가 없지 않은가?"

"네? 그게 무슨 말씀이신지……."

"첫술에 배부를 리가 없단 말이지. 하긴 요즘은 첫술에 배부른 일도 종종 있는 것 같긴 하지만, 우리 건설업은 그럴 리가 없거든. 겨우 걸음마 단계인 우리가 쉽게 수주에 성공하긴 힘들 거야. 아직은 시간이 필요하지."
"그럼, 회장님께선 수주하지 못할 걸 알면서도 프로젝트 참가를 지시하셨단 말입니까?"
"그렇다고 할 수 있지."
"어째서 그런……. 성공하지 못할 걸 아셨다면 아예 참여하지 말라고 하셨어야 하지 않습니까?"

> "허허, 만약 그렇다면 우린 언제까지나
> 성공을 못할 거라네."

"그렇지만……."
"지금 우리가 하는 일은 미래에 대한 투자이지. 수주 팀에서는 이번 입찰 실패 때문에 분통 터진 사람이 없나?"
"팀장님을 비롯해 저희 팀 모두 실망했습니다. 이번에는 꼭 입찰에 성공할 것이라 믿었습니다."
"자네는 실무를 맡았으니, 우리가 입찰에 실패한 이유가 뭔지 알겠지?"
"사실, 저는 그걸 모르겠습니다. 입찰 금액도 더 낮게 제시했고, 다른 조건도 경쟁 업체보다 뒤지지 않았습니다.

그런데도 발주 측에서는 프로젝트 경험이 적다든가, 의사소통이 어렵다든가 하는 부분을 문제 삼았습니다."

"바로 그게 실패 이유지. 프로젝트 경험이 적다든가, 의사소통이 어렵다든가……."

"네?"

"이보게, 나는 사업가야. 회사를 운영하고 주주들에게 이익을 배분하려면 수익을 내야 하네. 그런데도 입찰에 필요한 제반 비용을 들여가며 확률이 낮은 입찰에 참여하는 이유를 알겠나?"

"혹시 경험을 쌓게 하신 것입니까?"

"허허. 팀장이 추천할 만하군. 바로 그렇다네. 좌절을 겪어봐야 그릇이 커지는 거야. 이번에도 입찰에 떨어진 수주 팀은 다음번에 더 철저히 준비하겠지. 이번 탈락이 자네들에게는 경험이 되는 걸세."

"네. 회장님."

"수주를 하는 것도 중요하지만, 비록 실패하더라도 그런 경험 역시 공사 경험만큼 중요하다네. 탈락이 끝이 아니야. 실패를 두려워하지 않고 긍정적으로 경험을 쌓아 가는 것도 중요하지. 그게 나 같은 늙은이와 자네와의 차이지. 내 나이가 되면 실패는 좀 겁이 나거든."

"회장님께서도 한창때이시잖습니까."

"허허 이 사람 입에 발린 말을 하는군. 내 나이 정도 되면 인생이 연극이라는 생각이 드네. 노력하는 척, 슬퍼하는 척, 기뻐하는 척, 사랑하는 척하며 살아가는 사람이 많지. 하지만 지금 사람들 앞에서 어떻게 보이느냐보다, 그 뒤에서 얼마나 노력을 하느냐가 중요하지."

"네. 회장님."

"건설업은 멀리 내다보고 총체적으로 생각할 줄 알아야 하는 일이야. 나는 다양한 경험이 미래의 대린건설을 이끌 원동력이 되리라 믿네. 세상은 넓어. 할 일도 많고 말이야. 허허."

"……."

"오늘 자네를 보자고 한 것도 이런 이야기를 해주고 싶어서네. 자네처럼 중요한 인재가 우리 회사엔 꼭 필요하니까. 알겠나?"

5

"그래서요? 그래서 어떻게 하셨나요?"

"다음 날부터 다시 출근해서 또 열심히 일했지."

수교는 자신이 교수를 찾아온 목적을 잊고 이야기에 몰입하였다. 교수에게도 자신과 같은 때가 있었다는 것이 신기해서 이야기를 재촉하였다.

"그렇게 일 년을 더 일하다 처음으로 프로젝트 수주에 성공했어."

"그럼 승진도 하셨겠네요?"

"뭐……. 그럴 수도 있었겠지만, 나는 그걸 마지막으로 퇴사하고 유학을 떠났지."

"네? 왜 그런 결정을……."

"좀 더 큰 세상을 보고 싶었거든."

"그럼, 그 회장님의 이야기가 교수님께 큰 전환의 계기가 되었던 거군요."

"그런 셈이지. 사실 다른 이야기보다도 자리에서 일어날 때 하신 마지막 말이 참 마음에 들었어."

"무슨 말이었는데요?"

"에이, 우리한테 공사를 안 주다니,
그놈들 나중에 정말 크게 후회할걸?
우리를 안 뽑은 자들 손해지."

"네? 점잖은 회장님이 그런 말을 했다구요?"
"그랬다니까. 전혀 회장님 체면에 어울리지 않는 말이었지. 그런데 이상하게 그 말을 듣고 나니까 기분이 확 풀리더라구. 나는 그랬다네."
교수는 이야기를 마치고 기분 좋게 웃었다. 그 이야기를 듣고 난 수교도 함께 웃었다.
"참, 그런데 자네 무슨 고민이 있다고 했나?"
"아, 아닙니다. 이제 고민하지 않아도 될 것 같습니다."
"그래? 그렇다면 다행일세, 허허."

우면산 터널: 명확한 입찰 조건

/

"룰루룰루~♪"

회식 자리에서 노래방이라도 갈라치면, 혹시나 자기에게 마이크가 돌아올까 지레 겁먹는 수교에게도 노래가 절로 나오는 때가 있다. 바로 오늘처럼 일찍 퇴근해서 집으로 돌아와 샤워하고 나와 맥주 캔을 따는 순간.

"캬아!"

수교는 손바닥에 와 닿는 맥주 캔의 서늘한 감촉을 즐기면서 맥주를 꿀꺽꿀꺽 삼키고 탄성을 질렀다. 푹신한 소파에 몸을 기댄 수교는 신혼집에 집들이 온 손님처럼 집안을 휘휘 둘러보았다. 며칠씩 집을 비우기는 예사이고, 집에 들어오는 날에도 씻자마자 잠들기에 급급하기 때문인지 이렇게 소파에 앉아 여유롭게 맥주를 즐기는 자신이 낯설게 느껴졌다. 그렇지만 날마다 이렇게 일찍 들어와서 휴식을 즐긴다고 오늘 같은 기분이 날 것 같지는 않았다. 휴식이란 열심히 일한 사람에게 더욱 달콤한 법이니까. 오늘의 이 기분은 자신이 그동안 열심히 일했음을 말해주는 것 같아서 수교는 한결 뿌듯한 마음이었다.
"어, 연속극 할 시간이다!"
수교는 서둘러 텔레비전을 켰다. 거의 챙겨보지 못하면서도, 시간이 날 때는 마치 한 번도 빼놓지 않았던 사람처럼 연속극을 챙겨보는 것이다.
"에고, 바로 저기 있는데 또 엇갈리네. 불쌍해서 어쩌나."
드라마에서 시선을 떼지 못하는 수교의 눈가에는 어느새 눈물이 그렁그렁 돌았다.
"벌써 끝나네! 다음 주엔 꼭 둘이 만나야 되는데. 챙겨 볼 수 있으려나?"
수교는 아쉬움에 입맛을 다시며, 맥주를 한 캔 더 마실까 말까를 고민했다. 생각 같아서는 한 캔 더 마시고 싶지만, 내일 회사 업무에 지장이 있을까 봐 망설였던 것이다.
'에이, 먹고 죽자.'

마음을 정한 수교는 냉장고에서 맥주 한 캔을 더 꺼내어 다시 소파로 왔다. 텔레비전에서는 연속극이 끝나고 아홉 시 뉴스가 이어졌다. 뉴스 시작을 알리는 경쾌한 배경 음악을 흥얼거리면서 수교는 맥주 캔을 따서 한 모금을 마셨다. 그런데 힐끗 바라본 화면에 익숙한 회사 로고가 보였다.

"어? 저건?"

뉴스 화면을 장식한 것은 다름 아닌 다윗개발의 로고였다. 뉴스에 난다는 것, 그것도 이렇게 헤드라인을 장식한다는 것은, 좋은 일일 가능성보다는 좋지 않은 일일 가능성이 많았다. 수교는 불안감을 느끼면서 텔레비전의 음량을 조금 더 높였다.

> "BTO 시설인 우면산 터널에 대한 보조금 문제가 대두되었습니다. BTO란 'Build-Transfer-Operate'의 약자로 '건설-양도-운영'이라는 의미가 있습니다. 다시 말해 사회 기반 시설의 준공과 동시에 시설의 소유권이 국가나 지방자치단체에 이전되면 사업 시행자에게 일정 기간의 관리 운영권을 인정하고, 사업 시행자는 시설을 운영하여 투자비를 회수하는 방식을 말합니다."

다윗개발이 BTO 방식으로 프로젝트를 수행했던 우면산 터널의 보조금 문제가 뉴스거리가 된 것이었다. 우면산 터널은 수교가 다윗개발에 입사하기 직전에 완공된 것이었다. 따라서 수교가 직접 우면산 터널 프로젝트에 참여한 것은 아니었다.

다만 우면산 터널에서 발생하는 수익금이 다윗개발에 아주 중요한 수입원이어서, 수교도 여기에 대해 전혀 모르는 바는 아니었다. 다윗개발에는 정부라는 매우 안정적인 수입원의 존재가 중요했다. 수익률도 높은 편이었다.

"서울시가 우리나라당 한민국 의원에게 제출한 국정감사 자료에 따르면 시는 우면산 터널을 운영하는 다윗개발에 지난 4년 동안 적자 보전금으로 약 365억 원을 지급하였습니다. 서울시는 우면산 터널의 실제 교통량이 예상 교통량의 80% 미만인 부분에 대해 최소 운영 수입금 명목으로 적자 보전금을 지급합니다. 우면산 터널의 실제 통행량은 연도별로 2005년 예상 통행량 35,424대의 45.2%인 16,029대, 2006년 36,193대의 48.8%인 17,657대, 2007년 34,979대의 52.2%인 19,300대로 나타났습니다."

우면산 터널 프로젝트의 계약 당시 서울시 측은 통행량이 예측 통행량의 80% 미만일 경우 그 수입 부족분에 대해 보전해주기로 하였다. 하지만 예측 통행량에 비해

50% 정도의 통행만 이루어져 상당한 금액이 혈세로 지출되는 형편이라는 것이 뉴스의 핵심이었다.

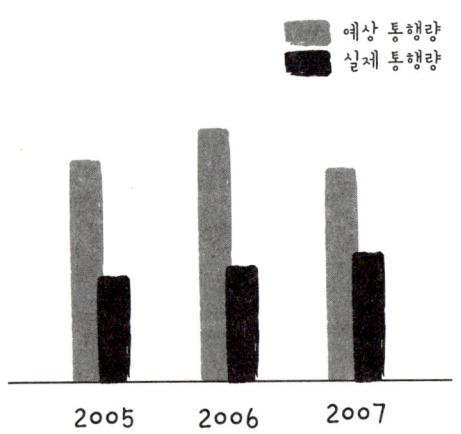

"이처럼 국민의 혈세가 낭비되는 현실을 외면하는 서울시 당국의 적극적인 대처가 요구됩니다."
수교의 귓가에는 기자의 마지막 멘트가 반복되어 울렸다.
'아……. 이거 보통 문제가 아닌데. 내일 회사 분위기가 말이 아니겠군.'
마시다 만 맥주 캔을 그대로 놓아둔 채 수교는 생각에 잠겼다.

2

"성 대리님, 어제 뉴스 보셨어요?"
맹 대리는 수교가 들어서자마자 질문부터 던졌다. 수교의 예상대로 회사는 어수선한 분위기였다. 두 명 이상만 모이면, 모두 어제 뉴스를 화제로 수군거렸다.
"어, 봤지. 너도 봤어?"
"그럼요. 어제 모처럼 일찍 들어가서 텔레비전을 켰더니, 딱 그 뉴스가 나오고 있는 거예요. 차라리 야근이나 할 걸. 기분만 망쳤죠 뭐."
"뭐……. 별일이야 있겠어? 계약에 문제가 있는 것도 아니고."
"그래도……. 뉴스를 볼 때부터 어째 심상치가 않더니, 오늘 아침에 신문 보니까 완전……. 그거 보신 어머니마저도 너희 회사가 그런 데였냐면서 뭐라고 하시더라구요. 나 참, 억울해서……."
"신문? 왜?"
그는 백문이 불여일견이라는 듯, 키보드를 두드려 금세 다윗개발의 기사를 검색해주었다.

> ## 수요·단가 부풀리기에 '혈세 먹는' 민자 도로
>
> 20××년 ××월 ××일 [건축일보]
> 정부가 효율성과 재정 보충 등을 명분으로 추진해 온 민자 유치 사업이 오히려 재정 부담만 가중시키고 있다는 분석이 나왔다.
> ……
> 천문학적인 운영비는 줄어들지 않아 결국 국민이 부담하는 것이다.

"아침부터 일 안 하고 뭣들 해?"

갑작스러운 팀장의 등장에 팀원들은 우왕좌왕하며 자기들의 자리를 찾아갔다. 불편한 심기를 감추지 못한 얼굴의 팀장은 수교가 보던 기사를 보고 다가왔다.

"기자들은 일단 기사부터 터뜨리고 본다니까! 무조건 이슈만 만들면 된다는 거지. 전후 사정은 제대로 알아보지도 않고. 에이! 다들 회의실로 모여."

팀장이 먼저 회의실로 들어가자, 나머지 팀원은 쭈뼛쭈뼛 자리에서 일어났다. 어느새 수교의 곁에 다가온 맹 대리가 조용히 귓가에 속삭였다.

"우면산 터널 프로젝트 때 팀장님이 주축으로 일하셨대

요. 그것 때문에 승진도 하게 된 거라고 하던데, 아마 그래서 더 민감하실 거에요. 왜 안 그렇겠어요?"
수교는 고개를 끄덕이며 회의실 쪽을 바라보았다. 어쩐지 팀장의 기분을 이해할 수 있을 것 같았다.

"다들 기사는 봤을 테고, 어떻게 생각해?"
팀장의 질문에도 회의실 안은 조용하기만 했다. 서로의 눈치만 볼 뿐, 누구 하나 나서서 얘기하는 사람이 없었다. 눈치만 보던 수교가 큰마음을 먹고 이야기를 꺼냈다.
"아무래도, 지금 여론은 불리한 쪽으로 형성되는 것 같습니다."
맹 대리도 조심스럽게 말을 보탰다.
"특히, 공사비 과다 계상[7] 문제 때문에 상황이 악화된 것 같습니다."
"그러니까, 내가 엉터리 기사라는 거야. 공사비가 많이 나온 이유가 뭔지 알아? 그게 다 공사 기간을 맞추려다 보니까 그런 거라고. 굴착 과정에서 터널의 중간 부분 경암반 구간이 지반 측량의 결 값보다 훨씬 길게 나왔거든. 그러니 어쩌겠어. 공사 기간을 맞추려면 연장 작업도 해

---

7 계상
예산이나 비용 등을 계산하여 올리거나 전체의 수치에 넣는 것을 의미한다.

우면산 터널: 명확한 입찰 조건

야 하고, 특수 중장비 임대도 많아질 수밖에 없고……. 그러다보니 공사비가 산정분보다 초과된 거라고. 제대로 파악을 하고 기사를 내야 할 것 아냐."

"그런 사정을 어디 알아주나요? 건설 회사라고 하면 다들 뭔가 비리가 있을 거라고만 생각하니까 문제죠. 심지어 오늘 아침에 저희 어머니도 회사가 잘못한 거 아니냐며 걱정하시더라구요."

"하긴, 제 친구들도 완전히 비리 업체로 몰아가더라구요."

"아 답답하네. 사람들은 우리가 전 구간 지질 측량을 다 하는 줄 아나 본데, 우리도 건교부에서 조사한 지질 자료를 바탕으로 공사 수주를 한 거잖아. 이럴 거면 정밀하게 측량하지 못한 쪽이 욕을 먹어야 되는 거 아니야?"

팀장의 흥분 섞인 설명을 들은 수교는 상황을 이해할 수 있었다. 이런 식으로 공사 과정에서 예상치 못한 이유로 공사비가 산정분을 초과하는 경우는 비일비재했다.

그러나 '건설업체=비리'라는 선입견 때문인지 대부분 이러한 사정을 알아보려고 하지도 않고 무조건 건설 회사의 책임으로 돌리는 경우가 많았다. 팀원들의 이야기를 들은 수교는 쓸쓸함을 감출 수 없었다. 다른 팀원도 수교와 비슷한 생각을 하는지 다들 어두운 표정이었다.

"지금 문제는 그것만이 아니야. 언론에서는 우면산 터널과 함께 인천 국제공항 고속도로, 제2순환도로, 인천 국제공항 철도까지 같이 거론할 생각인 것 같아."

"네? 그건 왜 같이 이야기한다는 겁니까?"

"국가가 민자 사업장의 운영 수입을 보장하는 기간을 잘못 책정하는 바람에 앞으로도 국고 지원을 추가해야 된다는 식으로 사회적 이슈를 만들겠다는 거지."

"그럼, 우면산 터널 문제가 어떻게 해결되는지가 초미의 관심사가 되겠군요."

"그렇지. 이건 보통 문제가 아니야. 우리가 어떻게 하느냐에 따라 앞으로 BTO 시설이 어떻게 처리될지 정해질 수 있다고. 우리가 전례가 되는 거지."

수교는 팀장의 말에 갑자기 의욕이 생겼다. 전례가 되는 일이라……. 분명 정부 쪽에서는 최대한 다윗개발의 이익 보전 폭을 줄이려고 할 것이라는 생각이 들었다. 그렇다면 이제 어떻게 해야 할지를 생각할 때였다.

"팀장님, 이사님이 찾으십니다."

아마 임원진에서도 대책 마련에 분주한 모양이었다.

"금방 다녀오겠네. 일단 자기 업무 계속하고 있으라고."

말은 그렇게 해도, 일이 손에 잡힐 리가 없었다. 수교도 머릿속으로 이런저런 상황을 가정해보며 팀장이 돌아오기만 기다렸다.

3

"팀장님! 어떻게 됐습니까?"

팀장이 사무실로 들어서자 모든 팀원의 시선이 그쪽으로 향했다.

"일단 회의실로 모여봐."

수교도 궁금한 마음으로 회의실로 들어섰다. 성격 급한 맹 대리가 팀장을 재촉하기 시작했다. 그러나 팀장은 아랑곳하지 않고 차분하게 이야기를 시작했다.

"일단 회사 측 방침은 재협상에 임하겠다는 거야."

팀장은 비장하게 한마디를 던졌다. 모두 그 정도 결과는 예상하였다. 지금은 모든 상황이 다윗개발에 불리했다. 이번에 당선된 서초구청장은 당선 공약으로 민자 사업의 보장 금액 현실화를 제시했었다. 게다가 국감에서도, 그동안은 국가 재정의 한계로 민자 유치 사업 제도를 적극 장려해왔지만 이들 사업장은 총 투자 사업비보다 국고 지원액이 더 커 차라리 국책 사업으로 추진했어야 한다는 이야기까지 나왔다.

"이미 서울시와 서초구 측에서 재협상 요청이 들어온 모양이야."

그러나 팀장의 이 말에는 모두 놀라지 않을 수 없었다. 서울시나 서초구 측에서 이렇게 빠르게 움직일 거라고 예상하지는 못했던 것이다.

"벌써요? 빠르게도 움직이네. 그럼 구체적으로 뭘 재협상하자는 건가요?"

"역시 보전금 문제지 뭐. 현재 통행량이 예측 통행량의 50% 정도밖에 안되는 게 문제라는 거야. 그러니까 실제 통행량을 고려해서 예측 통행량 수익 보전 퍼센티지를 조정하자는 거야."

"그렇지만, 계약서상으로 아무런 문제가 없는 일 아닙니까?"

"물론 그렇지만, 우리가 수익 문제만 따질 수는 없는 노릇 아냐. 하루 이틀 일하고 말 건가? 회사 이미지 문제도 있고, 앞으로 수주에도 영향을 미칠 테고……. 아무튼 이건 그냥 쉬쉬할 수 있는 일이 아냐. 회사 측에서도 어느 정도 이익이 줄더라도 조정 요청을 따르겠다고 이미 방침을 세웠어."

억울한 마음이 들지 않는 것은 아니었지만, 팀장의 말이 사실이었다. 당장 눈앞의 이익에 집착하다가 앞으로 얻을 수 있는 많은 것들을 놓칠 수 있었다. 모두 골똘하게 생각에 잠겨 침묵에 빠졌을 때 수교가 입을 열었다.

"그렇다면 역시 문제는 조정의 폭이로군요."

"음……. 나도 지금 그 문제를 논의하다 왔는데……. 그게 생각처럼 쉽게 정해지질 않는군."

"하긴 예측 통행량 측정 과정 자체에 문제가 있었던 것도 아니잖아요?"

"그거야 유가 폭등이나 서울시 대중교통 우대 정책하고 복잡하게 얽힌 문제니까, 측정 자체에 문제가 있었던 것 아니야. 다만 변수가 있었던 거지."

"터널 통행료 문제도 있었잖아요. 너무 비싸다고 말이 많았는데, 우리로서는 어쩔 수 없는 것 아닌가요?"

회의는 뚜렷한 결론 없이 되풀이되었다. 아무도 이익보전 한계값[8]을 정하는 것에 대해 명확한 답을 내놓지 못했다. 답답한 마음에 회의실 밖으로 고개를 돌린 수교의 머릿속에 갑자기 한 사람이 떠올랐다.

"팀장님, 잠깐만요!
저한테 좋은 생각이 있어요!"

수교는 컴퓨터 앞으로 달려갔다.

---

8 이익보전 한계값
민자 사업 중 BTO(Build Transfer Operate) 방식은 정부가 지급하는 사용료로 민간 사업자가 투자비를 회수하는 방식이다. 이 경우 정부는 토지 보상비를 지급하고, 민자 사업자에게 최소 수익을 보장해준다. 이를 위해 이익보전 한계값을 설정하고, 이보다 수요가 적을 경우 사업자에게 보조금을 지급한다.

 158 테미스

테미스 님과의 대화 - messenger

파일(F)　동작(A)　친구(B)　설정(T)　도움말(H)

[수교] 교수님!
[테미스] 오, 수교 군. 요즘은 별일 없나?
[수교] 안 그래도 방금 별일이 생겼습니다.
[테미스] 응? 무슨 일인가?
[수교] 교수님, 지금 연구실에 계십니까?
[테미스] 오늘은 모처럼 연구실에 있네만……
[수교] 그럼 제가 금방 가겠습니다. 잠시만 기다려주세요!
[테미스] 이보게, 수교 군!

보내기

SEE THE UNSEEN

/

수교는 어떻게 왔는지 생각이 나지 않을 정도로 순식간에 모교에 도착했다. 그러나 막상 문이 닫힌 교수의 연구실 앞에 서자 막막함이 밀려왔다. 그때 수교 앞에 그리운 그녀 도희가 나타났다.

"선배님, 여기서 뭐 하세요?"

"아……, 도희 씨!"

"볼일이 있어서 오셨나요?"

"네, 교수님을 뵈러 왔어요."

"지금 수업 중이신데, 미리 약속을 하신 건가요?"

"아, 그건 아니지만……. 그럼 어디서 수업하시는지 알 수 있을까요?"

도희는 어쩔 셈이냐는 표정으로 강의실을 가리켰다. 수교는 도희에게 보일 뒷모습을 신경 쓰며 칼루이스처럼 빠르게 강의실로 달려갔다. 교수의 수업은 이미 한창 진행 중이었다. 수교는 교수의 눈에 띄지 않게 뒷문으로 들어가 강의를 지켜보았다.

2

"자, 여러분이 대학에 와서 수업을 들으면서 배워야 할 것은 무엇일까요? 저는 여러분이 보이지 않는 것을 볼 수 있는 능력을 키우길 바랍니다. 모든 것은 동전의 양면처럼 보는 시각에 따라 다르게 보일 수 있지요. 여러분이 즐겨 시청하는 100분 토론, 어떻습니까? 거기엔 접전(接戰)만 있지 접점(接點)을 찾기 어려워요. 그 이유는 무엇일까요? 본질은 하나임에도 서로의 이해관계에 따라 상황을 각자에게 유리한 쪽으로만 보려는 단선적인 시각 때문이지요. 오늘은 제가 말레이시아에서 교수 생활을 할 때의 경험을 예로 들어 보지요. 그때 차 살 돈은 없고 해서 택시를 자주 이용했는데, 그곳의 택시는 전부 콜택시로 운영되고 있었답니다."

한 학생이 끼어들었다.

"교수님 저번에 하신 이야긴데요?"

강의실에는 찬물을 끼얹은 듯 적막이 흘렀다. 교수는 학생을 살짝 흘겨보았다.

"마이너스 5500점!"

다시 말을 이었다.

"자, 다음 그림을 보세요. 콜택시를 이용하면 편리하지만 콜비를 줘야 하지요. 그러면 어떨 때 사람들이 콜택시를 이용하나요?"

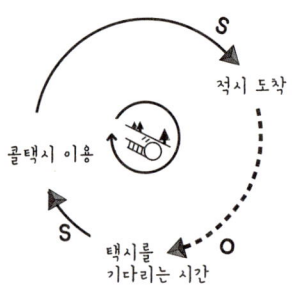

"택시를 기다리는 시간이 길어지면 콜택시 이용이 늘어납니다. 콜택시를 이용하면 제시간에 원하는 곳에 닿을

수 있게 돼요. 제시간에 서비스가 제공되면 길에서 기다리는 시간이 줄게 되지요. 대기 시간이 줄면, 이제는 콜택시 이용이 줄지요. 그래서 특정 시각에 한 지역의 도로 위에서 평균적으로 택시를 기다리는 시간은 균형을 잡아가게 됩니다. 그런데 모든 일에는 양면성이 있지요. 콜택시 도입에 좋은 점만 있을까요?"

"돈이 많이 듭니다."

방금 전에 마이너스 5500점을 받은 학생이 말했다.

"음……. 그것도 사실이지만, 그건 콜택시 운영 시스템상의 문제라기보다는 지출에 대한 개인의 선택이라고 보이는군요. 그래도 대답을 잘했으니 플러스 10점!"

그 학생은 자신의 누적점수를 계산하였다.

"마이너스 5500점에 플러스 10점이면……."

"잘 계산해 두세요. 그럼 다음 그림을 봅시다."

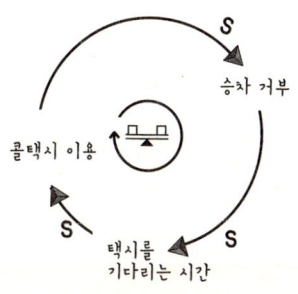

"콜택시의 이용이 늘어나고 보편화되면 기사들은 콜택시 요금을 받으려고 도로 위의 일반 승객에게 승차 거부를 하게 되죠. 그래서 러시아워 때는 길에서 택시를 기다리는 승객 입장에서 오히려 이용 가능한 택시의 수가 줄어들게 돼요. 승차 거부는 승객이 도로 위에서 기다리는 시간을 증가시키죠. 여기서 한 가지 재미있는 사실은 이것이 악순환을 가속시킨다는 것입니다. 다시 한 번 찬찬히 살펴봅시다. 택시를 기다리는 시간이 증가할 때 사람들은 기다리는 시간이 아까워 콜택시 시스템을 이용하겠죠. 그런데 콜택시 수요가 늘면 콜비를 받으려는 택시의 수도 많아지므로 승차 거부의 빈도 역시 늘어나죠. 따라서 콜택시를 이용하지 않는 승객의 대기 시간은 오히려 더 길어지게 되는 겁니다."

학생들은 이해가 되는지 고개를 끄덕였다.

"또 다른 면도 있어요. 다음 그림을 한번 보죠."

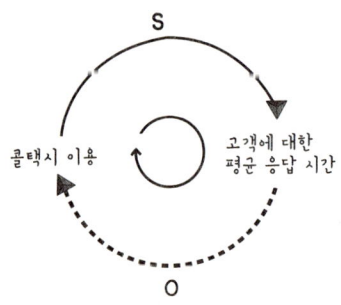

"콜택시 이용이 늘면 콜센터에서 가용한 택시를 수배하여 보내는 시간이 늘게 되고, 사람들은 콜택시를 불러도 빨리 오지 않으니 콜택시를 잘 이용하지 않을 거예요. 또 하나의 균형을 이루게 되겠죠? 이렇게 세 가지 순환 구조로도 하나의 사회현상을 적절히 표현하는 것이 가능합니다."
"네."
"이 작은 예가 우리 사회현상의 양면성을 잘 보여주지요. 단순해 보이는 일에도 이처럼 복잡한 이면이 존재한답니다. 여러분은 보이지 않는 것을 볼 수 있는 사람이 되어야 합니다. 여러분이 사회를 이끌어 가는 위치에 오르게 되었을 때, 이런 시스템적인 사고를 기억해주세요. 그럼 오늘 수업은 여기까지 하죠."

공공기관에서 행하는 민자 사업의 유형은?

공공공사는 일반적으로 국가 재정을 투입해 공사를 진행하지만, 민간의 투자 참여를 유도하는 경우도 있다. 국내 민자 사업으로는 BOT 방식과 BTO방식, 그리고 BTL방식이 일반적이다.

1. BOT(Build - Operate - Transfer / 건설 - 운영 - 이전)
준공(Build) 후 일정 기간 동안 사업 시행자가 이를 소유 및 운영(Own·Operate)하고, 그 기간이 만료되면 소유권을 정부에 이전(Transfer)하는 방식이다. 민간 사업자가 수요 위험을 부담하는 특징이 있다. 자체 운영 수입 창출이 가능한 고속도로, 다리, 터널 등이 대표적인 대상 시설이다.

2. BTO(Build - Transfer - Operate / 건설 - 이전 - 운영)
BOT 방식과 달리 준공(Build)과 동시에 소유권이 정부에 이전되며(Transfer), 사업 시행자가 일정 기간 운영권(Operate)을 갖는 방식이다. 대상 시설은 BOT 방식과 동일하지만 정부가 일정 수익률을 보장한다는 차이가 있다.

3. BTL(Build - Transfer - Lease / 건설 - 이전 - 임대)
민간 건설사가 공공시설을 건설(Build)하고 그 소유권을 정부에 넘기는(Transfer) 것은 BTO방식과 같지만, 건설사가 정부에 그 시설을 임대(Lease)해주는 형식으로 운영비와 건설비 등을 매년 임대료 명목으로 받는다. BTO와 같이 일정 수익률에 대한 정부 보장이 이루어지며, 대상 시설은 자체 운영수입 창출이 어려운 학교나 공익시설 등이 대표적이다.

	BOT	BTO	BTL
투자비 회수	최종 사용자 이용료		시설 임대료
대상 시설	도로, 다리, 터널 등		학교 등 공익 시설
사업 리스크	사업자 감수		정부 보장
사업 리스크 보장 방법	–		보조금 지급 / 수익률 보장

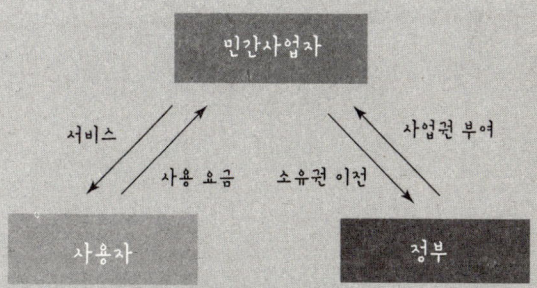

BOT / BTO의 모델 형태

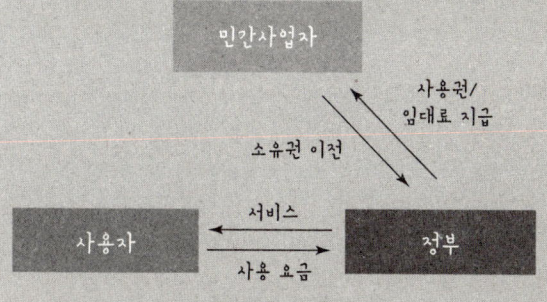

BTL의 모델 형태

4. 참고문헌

- 박문서, 코스트 계획론 강의자료, 서울대학교, 2003.

현상

/

"어허, 자다가 봉창 두드린다더니 갑자기 그게 무슨 말인가?"

교수의 수업을 듣고 난 수교는, 교수의 연구실에 단기 프로젝트를 발주하여 이익보전 한계값을 정하는 문제를 해결하기로 마음을 굳혔다. 수교는 회사의 사정을 구구절절이 설명하고 교수에게 프로젝트를 맡아달라고 간곡하게 부탁하였다.

"교수님! 제발 거절한다고 하지 말아주세요. 저 좀 살려주세요!"

"이것 참……. 내가 어디 거절하고 싶어서 그러는 건가. 그렇지만 지금 연구실에서 하는 프로젝트만으로도 폭발할 지경이란 말이지. 연구원들이 제대로 잠도 못자고 쉴 틈 없이 분주하게 움직이는데도 항상 시간이 부족해. 그러니……."

"물론 교수님께서 바쁘신 건 잘 압니다. 그렇지만, 교수님께서 도와주시지 않으면 저희 회사는 정말 큰일입니다. 게다가 교수님도 아시다시피 이건 저희 회사 한 곳의 문제가 아닙니다. 앞으로 BTO 사업의 전례가 될 일입니다. 교수님!"

교수의 말은 엄살이 아니었다. 지금 맡은 프로젝트만으로도 연구실은 쉴 틈이 없었다. 이런 상황에서 선뜻 새로운 프로젝트를 맡을 수는 없는 노릇이었다. 하지만 제자의 어려움을 마냥 모른 척하는 것도 힘들었다. 게다가 이번 일은 앞으로 BTO 사업의 전례가 될 것이라는 상징성도 있기에, 교수는 이러지도 저러지도 못하였다.

"교수님! 교수님께서 항상 책임감 있는 엔지니어가 되라고 강조하셨잖습니까! 물론 정부의 처지도 이해가 가지만, 기업의 입장에서는 현재 보장된 이익을 많은 부분 포기해야 합니다. 이렇게 되면 대다수의 기업이 BTO, BTL 등의 민자 사업을 포기하게 되어 결국 건설업계 전체의 볼륨이 줄어들게 될 것입니다, 교수님."

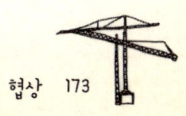

"허허. 자네가 이렇게까지 말할 줄은 몰랐군. 우리 연구실이 수교 군의 일까지 맡게 되면, 학생들이 너무 힘들어 할 텐데 말이야……."

"교수님, 제발 부탁드립니다. 국내에서 처음으로 하는 재협상이라 이번 협상은 앞으로도 중요한 기준이 될 겁니다. 교수님께서 도와주셔야 정부와 기업 모두 수용할 만한 기준을 만들 수 있을 것입니다."

수교가 말을 하는 와중에 갑자기 노크 소리가 들렸다.

"똑똑"

"들어오세요."

난감해 하면서도 거절하지 못하고 고민을 거듭하는 교수를 구해준 노크의 주인공은 도희였다. 도희는 수교를 힐끗 쳐다보고 돌아서서 다시 나가려고 했다.

"아, 도 조교, 무슨 일인가?"

"손님이 계신 줄 몰랐습니다. 나중에 다시 오겠습니다."

"아니야, 도 조교도 여기 와서 좀 앉아 봐요."

"네?"

"여기 수교 군이 우리 연구실에 프로젝트를 맡기고 싶다고 찾아왔어. 그런데 우리 연구실에 그럴만한 여력이 없

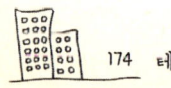

어서……. 도 조교 의견을 참고해서 결정을 내리고 싶군."
교수는 빙긋 웃으며 도 조교에게 앉을 것을 권했다. 차가워 보이는 도희의 옆모습에 수교는 한층 마음이 불안해졌다.

'아……. 지난번처럼 거절하면 어쩌지?'

수교에게 도희는 여전히 어려운 상대였다. 해운대 입찰 건을 겪으면서 조금은 가까워졌다고 생각했는데, 한잔하기로 했던 약속도 흐지부지되지 않았던가. 도희의 문자를 받고 용기를 내어 연락했다가 완곡한 거절을 당한 뒤로 수교는 의기소침한 상태였다.

'내가 별로라서 핑계를 댄 거겠지? 선배니까 대놓고 싫다고는 말하지 못하고?'

수교는 도희를 마주하는 일에 자신이 없었지만, 어쩔 도리가 없었다. 수교는 교수에게 했던 이야기를 다시 한 번 열심히 전했다. 자신의 진심이 전해지기를 바라면서.

"이번 우면산 터널 문제가 저희 회사로서는 아주 중요한 문제입니다. 그래서 이번에 서초구 쪽이랑 재협상을 하면서……."

"그러니까, 이익보전 한계값을 알아봐달라는 거죠?"

"네, 네! 바로 그겁니다."

"단순히 이익보전 한계값을 맡기실 거라면 저희 연구실

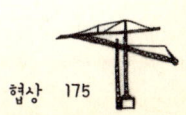

에 맡기시는 것보다 경제대나 경영대 쪽으로 문의를 하시는 게 좋을 것 같은데요."

"아, 물론 단순히 이익보전 한계값만이 아니라 여러 요소들을 복합적으로 분석해 달라는 거죠."

"음. 시스템 다이내믹스(System Dynamics)같은 도구를 이용하면 될 텐데. 그래도 시간이 만만치 않게 들 거야. 우리에게 그럴 여력이 있나. 도 조교만 해도 그렇지. 지금하는 프로젝트만도 버겁다고 늘 얘기하지 않았나."

교수가 슬며시 끼어들었다. 수교는 순간 도희의 눈치를 보았다. 도희가 무슨 생각을 하는지 알 수는 없지만, 이러한 교수의 말이 어떤 영향을 미쳤을지 머릿속으로 수많은 생각이 지나갔다.

"뭐, 괜찮을 것 같습니다."

의외로 일은 쉽게 풀렸다. 도희의 대답에 교수마저도 놀란 눈치였다

"정말 괜찮겠나? 어제만 해도 더 이상 프로젝트를 맡는 건 무리라고……"

"그냥, 선배님이 부탁하시는 거니까 거절하기도 그렇고……"

"허허, 아직 우리 학생들이 덜 바쁜가 보군. 도 조교가 그렇다고 하니 맡기로 하지. 아무튼 잘됐네, 수교 군. 그럼 나가서 도 조교랑 더 자세히 얘기를 해보지."
"네, 알겠습니다! 정말 감사합니다, 교수님."
"나야 뭐. 도 조교한테 감사하게. 허허……."
수교는 옆자리의 도희를 보며 여자의 마음은 도무지 알 수 없다고 생각했다.

2

"교수님께서 연구실이 많이 바쁘다고 하시던데, 이렇게 부탁을 드려도 될지……."
"그렇지만 선배님께도 급한 일이잖아요. 무리하게 부탁하실 분은 아니니까."
도희의 말이 틀린 것은 아니었지만, 그래도 수교는 신경을 쓰지 않을 수 없었다.
"그렇긴 하지만……. 프로젝트가 많아서 잠도 제대로 못 자고 일하신다고 들었거든요. 이렇게 무리하셔도 되나 해서……."
"잠 제대로 못 자는 건 이제 익숙해져서 새삼스러울 것도

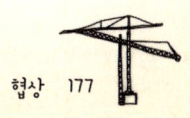

없어요. 다만 요즘은 전보다도 바빠져서 누가 술을 한잔 산다고 해도 못 나간다는 게 좀 짜증날 뿐이죠."

'아, 정말로 바빠서 못 나온다고 했던 거구나.'

자신이 오해했음을 알게 된 수교는, 교수의 연구실에서 프로젝트를 맡아준다고 했을 때보다 더 기분이 좋아졌다.

"그럼 언제 시간을 내실 수 있나요? 아무래도 방학 때가 낫겠죠?"

"그렇긴 하지만……. 왜요?"

"한잔 사려고요. 저는 빚지고 못 사는 놈입니다. 제가 기다려서라도 꼭 빚을 갚겠습니다."

"뭐 그러시다면, 좋으실 대로."

"하하, 저는 약속은 지킵니다."

수교의 얼굴을 빤히 쳐다보는 도희의 눈빛에 수교는 말을 멈추었다.

"왜 그렇게 쳐다봐요?"

"얼굴이 엄청 붉어졌어요. 관악산 올라갈 때보다 더 심하거든요?"

"아니 그건 등산을 너무 오랜만에 해서 그랬던 거고……."

허둥지둥 변명하는 수교의 모습을 보고 도희는 다시 웃

음을 터뜨렸다.
"품, 됐구요. 가져온 자료 넘기고 가세요. 알아보고 연락드릴게요."

며칠 후, 다윗개발에 전화가 걸려왔다.
"다 됐어요."
도희의 전화에 기뻐한 것은 수교만이 아니었다. 다윗개발의 직원 모두가 여기에 기대를 걸고 있었다. 회사에서는 나름대로 협상을 분주하게 준비했다. 그러나 이익보전 한계값이 나온 후에야 제대로 된 준비를 할 수 있어서 모두 그 결과만 목 빠지게 기다렸다. 이제 다윗개발은 본격적인 협상 준비에 착수하여 바쁘게 움직였다. 서초구청과의 협상일이 일주일이 채 남지 않은 시점이었다. 팀원들은 불안해했지만, 도희가 건네준 결과를 받아든 수교는 달랐다. 오히려 이번 일이 잘 풀릴 것이라는 확신이 있었다.

3

"아이고 교수님, 바쁘실 텐데 자리해주셔서 고맙습니다."
"아닙니다, 구청장님. 저야 마땅히 할 일을 할 뿐입니다."

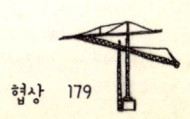

서초구청장은 이번 우면산 터널 재협상을 유리한 쪽으로 이끌려고 학계의 명망 있는 인사를 섭외했다. 바로 서울시립박물관 입찰에도 참여했던 한 교수였다. 한 교수는 그러한 요청을 마다할 사람이 아니었다. 그는 공익을 위해서 자신이 꼭 이 자리에 참석해야 한다고 생각했다.

"그럼 오늘 잘 좀 부탁드리겠습니다."

"명백한 자료가 이미 있으니까요. 저는 그저 사실에 근거해서 이야기할 생각입니다."

"물론입니다. 저희가 원하는 것도 바로 그것입니다."

서초구 쪽은 여유가 있는 반면 수교를 비롯한 다윗개발 쪽 사람들은 잔뜩 긴장하였다. 일단 낯선 청사 건물에 위압감을 느꼈고, 전례 없는 재협상 상황이 어떻게 흘러갈지 예상할 수 없어서였다.

"성 대리님, 무지 떨립니다. 이런 덴 처음 와봐서 말이죠."

"걱정 마. 이번 협상, 잘 마무리할 테니까."

"이상하게 오늘 성 대리님은 자신감이 넘쳐 보이십니다. 저야 좋죠!"

수교는 맹 대리와 대화를 나누면서 더욱 자신감을 가졌다. 저쪽에서도 준비를 많이 해왔겠지만, 자신들도 부족하지 않다고 생각했다. 게다가 계약상으로도 아무 문제가 없었다.

 180 테미스

> "그럼 서초구청과 다윗개발의 우면산 터널
> 관련 재협상을 진행하겠습니다."

"일단 재협상에 응한 다윗개발의 입장을 고려해주셨으면 합니다. 서초구청 측에서도 아시겠지만, 계약상 아무 하자가 없는데도 저희는 공익을 위해 재협상에 나섰습니다."

"아, 물론 그 부분에 대해 문제를 제기하는 것은 아닙니다. 하지만, 여러분도 아시다시피 이건 국민의 혈세와 관련된 문제 아닙니까? 기업의 이익만 생각할 문제가 아닙니다."

"만약 회사의 이익만 생각했다면 아예 재협상에 응하지도 않았을 겁니다."

"옳은 말씀입니다. 그렇지만 역시 공사비의 과다 계상을 지적하지 않을 수가 없습니다. 국회 예산 정책처에서 나온 '수익형 민자 사업의 재정 부담과 개선 방안'의 자료를 살펴보면, 정부 재정으로 건설한 도로와 민자를 투자한 도로 사이의 단가 차이가 60억 원 이상입니다. 이러한 사실은 다윗에서도 이미 아시겠지요?"

"물론입니다."

"그렇다면 이 차이가 무엇을 의미합니까? 정부 재정으로 공사할 때보다 민자로 공사할 때 돈이 훨씬 더 많이 드는 이유는 정부의 수익 보전을 믿고 민간 기업에서 공사비를 부풀려서라는 의혹이 있습니다."

"과거에 몇몇 업체들에서 그런 식으로 일을 처리했다는 말을 듣긴 했습니다. 하지만 이제는 그럴 수가 없습니다. 그러한 금액 차이가 나는 것은, 작업이 어렵거나 접근성이 떨어지는 일을 수행하는 공사의 경우 발주 금액만으로 건설 회사의 손익분기점을 맞추기가 어렵기 때문입니다."

"그러한 문제점을 고려하더라도 킬로미터당 공사비가 이렇게 60억 원 이상 차이 날 수는 없지 않습니까?"

"저희 다윗에서 이번 공사를 수주할 때 기본 자료로 삼은 것은 서초구청에서 제시한 토질측량 보고서와 입찰 당시의 건축 자재 단가였습니다. 그런데 여기에 문제가 있었습니다. 먼저 굴착 과정에서 터널의 중심부 지점에 있는 경암반이 발견되어, 발파 작업과 굴착 작업에 투입된 공사비가 예상보다 많이 들었습니다. 두 번째 문제는 원자재 가격의 상승이었습니다. 공사 진행 중에 철근의 가격이 두 배 이상 올랐습니다. 특히 터널 공사의 경우 철근이 타 공사보다 많이 필요합니다. 공사비가 오른 것은 이런 이유 때문이었습니다. 저희 측에서 공사비를 과다 계상한 것이 아님을 다시 한 번 말씀드리고 싶습니다."

"그럼, 공사비 과다 계상 문제는 그렇다고 합시다. 또 다른 문제가 있습니다. 교통량 예측과정에서 부풀리기가 일어났다고 생각합니다. 다윗이 정부의 수입 보전을 믿고 예상 수입을 극대화하기 위해서 부풀린 것 아닙니까? 건설 업계의 이러한 태도가 오히려 건설업 전체에 악영향을 끼칠 것입니다."

"그렇게 말씀하시면 억울합니다. 저희는 실제적 근거 없이 통행량을 예측하지 않았습니다. 프로젝트 입찰 초기에는 구청 측에서 우면산 터널의 배후 지역이 개발될 것이라고 했는데 실제로는 그렇게 되지 않았습니다. 또한 대중교통 우대 정책의 일환으로 버스 전용차선 제도가 강화되어 자가용 운전자들의 대중교통 이용이 늘어났고, 결과적으로 우면산 터널의 통행량이 줄어들게 되었습니다."

"하지만 지금 사용자가 적은 데엔 비싼 사용료도 한몫하고 있는 거 아닙니까? 자꾸 정부 정책의 변경을 이유로 대시는데 저희 측에서는 통행료가 지나치게 비싼 것도 한 원인이라고 생각합니다."

"……"

	서초구청	다윗개발
공사비 계상	민간 기업이 과다하게 계상했다.	구청 측에서 제시한 보고서에 오류가 있었다. 원자재 가격이 상승했다.
교통량 예측	민간 기업이 정부의 수익 보전을 믿고 예측량을 부풀렸다.	배후 지역 개발이 취소되고 버스 전용차선 제도가 강화되었다.

양측은 팽팽하게 대립하였다. 이대로 간다면 회의는 오늘로 끝나지 않을 것처럼 보였다. 단단히 마음을 먹고 나온 듯 강하게 협상을 주도하는 서초구청 측의 태도에 수교를 비롯한 다윗개발 측은 답답함을 느꼈다. 서로의 견해를 좁혀간다기보다는 평행선을 달리는 기분이었던 것이다.

"그럼, 저희 쪽에서 준비한 자료를 좀 보시지요."

팀장은 수교를 향해 프레젠테이션을 시작하라고 눈짓했다.

4

"여기 준비한 그림을 보십시오. 터널의 매력이 인지된다면 터널의 통행량은 늘어납니다. 통행량이 늘어나면 교통 정체는 심해지지요. 그러면 운전자의 평균 통행 시간이 늘어납니다. 늘어난 평균 통행 시간은 터널의 매력을 떨어트리며 이렇게 되면 통행량이 다시 줄어듭니다. 따라서 터널 사용 차량의 수는 그 터널이 주는 비용/혜택 함수에 의해 적정한 수준에서 균형을 이루게 됩니다."

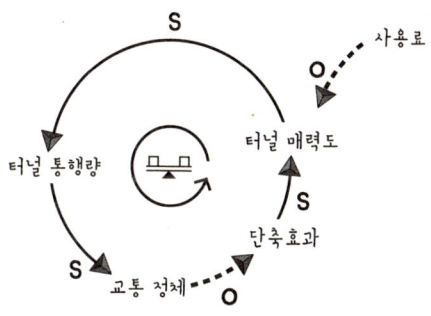

"즉, 통행 시간 단축이 보장된 상태에서 터널 이용이 부족한 원인을 높은 통행료로 보는 주장은 논리적이지 않습니다.

이제 다음 그림을 보십시오. 배후 지역이 개발되면 인구와 유동량이 늘어 잠재 통행량이 늘어납니다. 늘어난 잠재 통행량은 터널 통행량을 늘립니다. 그러나 대중교통에 대한 우대 정책이 시행되면 자가용 이용 인구가 줄어들게 되죠. 이는 터널 통행량을 줄어들게 합니다. 저희는 이러한 두 요인이 균형을 이룰 것으로 예상했습니다. 하지만 실제로는 우면산 터널 발주 당시 서초구청에서 약속했던 배후지역 개발이 이루어지지 않아 터널 통행량이 예측보다 덜 늘었습니다. 대중교통 우대 정책은 예정대로 시행되었고 말이지요. 이처럼 발주 당시의 조건과 달라진 요소가 있어 교통량 예측에 오차가 생겼다고 말씀드릴 수 있습니다."

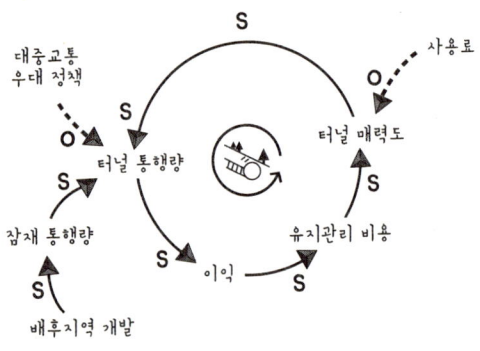

"또한, 터널 통행량이 늘어나면, 운영 기업은 이익이 늘어나 더 많은 자금을 유지 관리와 서비스에 투자할 수 있습니다. 그 경우 양질의 서비스로 터널의 매력도가 높아집니다. 따라서 민간 자본 투자와 사회 간접 자본의 활

성화를 위해서는 적정한 수익에 대한 보장이 필요하다고 볼 수 있습니다."

수교는 자신이 준비해 온 자료를 토대로 터널 통행량이 예측에 이르지 못한 이유를 설명하였다. 수교의 설명에 따르면, 이러한 상황이 벌어진 것은 초기 설정한 예측 통행량이 잘못되었다기보다는 교통 정책과 개발 계획에서 변수가 생겼기 때문이었다. 간략하면서도 핵심을 찌르는 프레젠테이션이었다.

'음, 다윗 쪽에서 준비를 제대로 했군.'

한 교수는 자기도 모르게 고개를 연신 끄덕였다. 그러다 문득 자신이 서초구청의 입장을 대변하러 이 자리에 왔다는 사실을 떠올렸다.

"음, 잠깐 쉬었다가 회의를 계속하도록 합시다."

다윗 측의 프레젠테이션을 보고 당황한 구청장은 잠깐 휴식을 청하고 한 교수를 따로 불러냈다.

"교수님, 어떻습니까. 보전 퍼센티지를 낮출 수 있습니까?"

"낮출 수야 있겠지요. 다만……."

"다만, 무슨……?"

"다윗 측에서 제시한 이익보전 한계값을 지켜주어야 한다고 생각합니다. 다윗 측이 막무가내로 우기는 것이 아

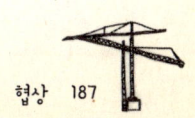

니라 제대로 준비를 해 왔어요."

"저도 그렇게 생각은 합니다. 그렇지만 구청 측의 입장도 있으니 문제가 쉽지 않습니다."

"음……."

생각에 잠긴 한 교수는 다윗 측에서 지적한 서울시와 서초구청 측의 문제를 다시 떠올려보았다. 모두 타당한 지적이었다.

"구청장님, 이제 회의를 끝내야 하지 않겠습니까? 협상 마무리는 저에게 맡겨주시지요."

"네? 뭐……. 저야 교수님께서 맡아주신다면 든든하지요. 그럼 한 교수님만 믿도록 하겠습니다."

다시 자리에 앉은 한 교수는 프레젠테이션을 담당했던 수교를 눈여겨보았다.

"자, 회의가 점점 길어지기만 하니, 저희 쪽에서도 답답하고 아마 다윗 쪽에서도 답답하리라 생각합니다. 그래서 저는 오늘 특별히 이 자리에 참석해주신 한 교수님의 고견을 듣고자 합니다."

구청장이 먼저 운을 뗐다. 한 교수는 자신에게 쏠리는 시선을 느끼며 의견을 말하기 시작했다.

"오늘 서초구청과 다윗개발의 재협상 테이블은 아주 인

상적인 자리였습니다. 특히 다윗개발 측의 성의 있는 자세에 놀랐습니다. 결국 문제는 우면산 터널 공사 자체보다는 외부적인 요인이 아니었나 싶습니다."

구청장은 조금 놀란 얼굴로 한 교수를 바라보았다. 그러나 그는 아랑곳하지 않고 말을 이어나갔다.

"제 생각에는 당초 약속대로 우면산 배후 지역 개발이 이루어져야 할 것 같습니다. 이를 개발하면 자연스럽게 우면산 터널의 통행량도 늘지 않겠습니까? 보전 퍼센티지를 낮추는 문제는 바로 이와 관련하여 해결되어야 한다고 봅니다."

"저희 다윗 쪽에서도 한 교수님의 의견에 공감합니다. 실질적인 계획을 제시해주신다면 저희 쪽에서도 퍼센티지 조정을 마다할 이유가 없습니다."

"자, 그럼 구청장님 어떻습니까? 우면산 터널 배후 지역이 조성될 때까지는 70%, 조성된 후에는 50%를 보전해주기로 하시지요. 물론 정부에서 보전해줄 필요가 없는 시점이 빨리 온다면 더 바랄 바가 없겠지만요."

4

"허허, 그래서 그 한마디로 회의가 끝났단 말인가?"
수교는 교수를 찾아와 우면산 터널 재협상이 성공적으로 끝났음을 알렸다. 다른 누구보다 교수에게 맨 먼저 알리고 싶었던 것이다.
"네. 서초구청장이 아주 깐깐해 보이던데, 합의해주어서 저희도 좀 놀랐습니다."
"놀라다니, 왜?"
"초빙된 한 교수님은 서초구청 측 요청으로 참석하신 거잖아요. 사실 무조건 퍼센티지를 깎자고 하실 줄 알았어요. 회사 쪽에서도 그런 성향으로……."
"그런 성향이라니?"
"아, 이런 말씀까지 드리긴 좀 그런데……. 그분은 항상 공공성 위주로 생각하시는 분이라서, 처음 협상 자리에 있는 거 보고 힘들 거라고 생각한 회사 사람도 있거든요. 솔직히 저희 측 입장을 그렇게 생각해주시리라고는 생각 못 했습니다."
"한 교수가 공익을 많이 생각하는 건 사실이지만, 그렇다고 무조건 한쪽 편을 드는 사람은 아니야."
"네, 저도 이번에 확실히 알았습니다. 'NSPS' 라는 거죠?

흐흐흐."

"'NSPS'를 제대로 이해했다니 다행이네. 하지만 완벽한 답이 없다고 주먹구구식으로 하라는 것은 아니니 오해하지 말게. 번번이 'Case by Case'로 경쟁의 장을 만들고 입찰 과정의 투명성을 보장하면서 최적의 대안을 찾아가야 하니까."

"그리고, 발주자는 발주 전에 사업의 정의나 규모를 고려해 구체적으로 계획을 짜야 해야 한다는 말씀이시죠?"

"그렇지! 수교 군 아주 입이 귀에 걸렸군그래."

"제가 다윗에 입사해서 이렇게 큰일을 맡아서 해본 건, 아니, 일을 맡아서 성공해본 건 이번이 처음이라서요."

"그런가. 그럼 축하하러 밖으로 나가야겠군."

"그래주신다면 영광입니다."

"아, 그럼 도 조교도 부르자고. 자네 회사 프로젝트 때문에 도 조교가 수고를 많이 했어. 잠깐 기다려보게. 내가 조교실로 전화를 해보겠네."

"아, 네!"

수교는 속으로 기뻤다. 도희를 불러내고 싶었지만 쑥스러워서 그만두었는데, 이런 기회가 절로 오다니! 수교는 어서 도희 앞에서 재협상 성공담을 자랑하고 싶었다. 그런데 교수는 도희가 전화를 받지 않고, 다른 대학원생이 대

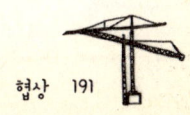

신 전화를 받았다고 했다.

"이런, 도 조교는 안 되겠군."

"네? 왜……?"

"쓰러져서 정신없이 자는 중이라지 뭔가. 그럼 할 수 없네. 우리끼리 나가지!"

지리산: 산 넘어 산

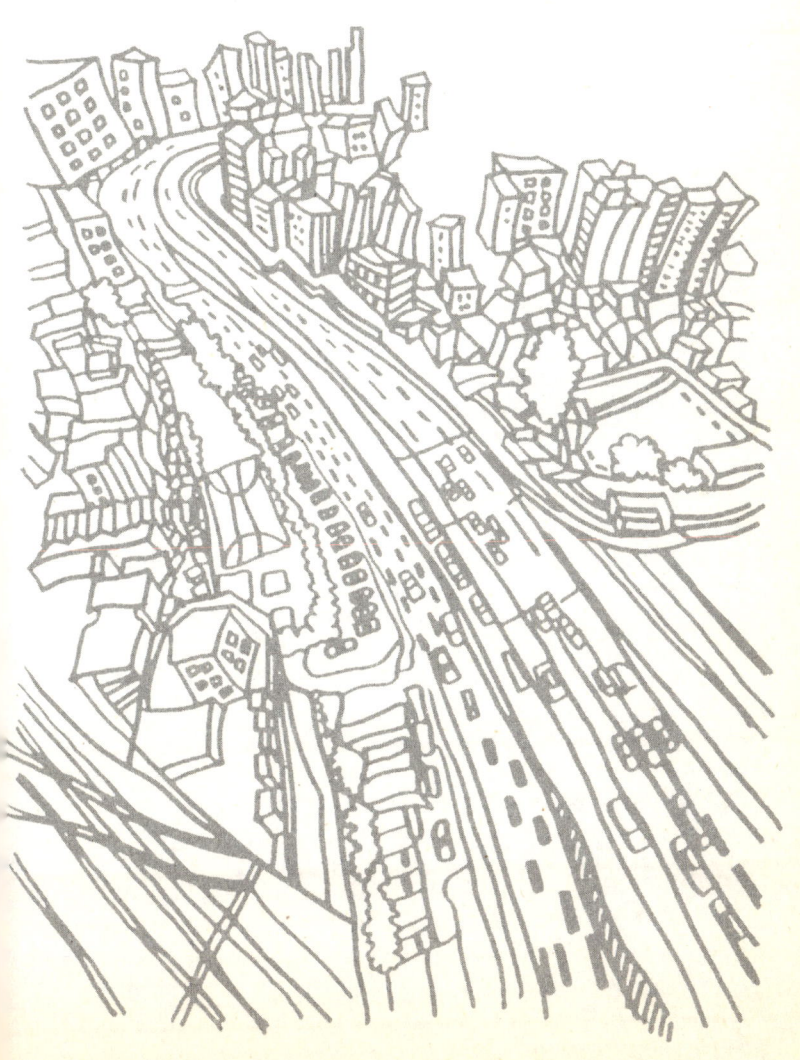

/

"교수님, 준비 다 됐습니다."

"그래, 가지."

교수는 오늘도 연구실 학생들과 관악산 등반을 나섰다. 특별한 일이 없으면 한 달의 첫 주 토요일 오전 10시에 등산을 나서 관악산 연주대에 올라 족발이나 보쌈을 먹으며 막걸리를 한잔하고 내려오는 일정이었다. 학생들과의 등산은 교수가 무엇보다도 좋아하는 일정이었다.

"날씨가 참 좋군."

"네. 그래서인지 오늘따라 등산이 덜 힘듭니다."

"그러게 말이야."

교수는 뿌듯했다. 처음에 학생들에게 등산을 제안했을 때는 싫어하는 학생도 있었다. 체력이 약해서 도중에 하산하는 학생도 있었다. 그런데 어느새 학생들도 등산을 정말 좋아하게 된 것이다.

'드디어 학생들의 체력도 어느 정도 올라온 것 같고. 이제는 큰 산에 도전할 만하겠군.'

교수는 어느 산을 고를까 고민하다가 문득 좋은 생각이 떠올랐다.

"우리 연구실도 이번 여름에 산다운 산을 한번 가봐야 하지 않을까?"

학생들은 불안해하면서 대답했다.

"교수님, 어느 산을 말씀하시는 것인지요?"

"음, 지리산 종주가 어떨까 하는데?"

"네?"

"무리입니다, 교수님! 겨우 관악산을 정복했는데 무슨 말씀이세요?"

"교수님, 저는 관악산을 사랑합니다!"

"산 피라미가 벌써 지리산이라니요! 교수님."

지리산 종주를 다녀온 적이 있는 학생들도 있었다. 그 학생들은 나름의 기억을 떠올리며 반대했다. 가족끼리 단합하려고 지리산 종주를 다녀왔다가 가족 간의 사이가 틀어진 학생, 동아리에서 지리산을 다녀온 후 부상으로 동아리를 탈퇴한 학생도 완강히 반대하였다.

"흠, 그래……."

"……."

"그래도 모두 가는 걸로 하지."

평소 연구원들의 단합을 중시하던 교수는 모두 함께하는 것이 중요하다며, 한 사람도 빠지지 말자고 못을 박았다. 그리고 바로 다음 주 월요일, 교수의 연구실에서는 '지리산 종주 준비 위원회'가 결성되었다. 위원장은 산행 경험이 풍부한 연구원 노산이 맡았다.

"위원장님, 잘 부탁합니다!"

"교수님, 무슨 말씀을!"

"아, 그리고 내 제자가 한 명 있는데, 성수교 군이라고 말이야. 이번 지리산 종주에 함께 가게 하지. 도 조교가 알아서 연락해줄 거야."

2

연구실의 시계가 밤 11시를 가리킨다. 도희는 수교에게 자신이 입은 것과 같은 티셔츠를 내민다.

"가서 이 옷으로 갈아입고 오세요."

"이거 설마?"

"풋. 이번 지리산 종주 팀 단체 티거든요?"

커플 티로 착각했던 수교는 민망해져서 재빨리 옷을 갈아입으러 화장실로 갔다. 옷을 갈아입고 와 보니 십여 명 이상이 같은 옷을 입고 있었다.

"어, 다들 모였군."

심지어 교수마저 같은 옷을 입고 있었다.

연구원들은 설렘보다도 혹시 낙오하지 않을까 걱정하는 마음에 긴장한 낯빛이었다. 수교도 올 때와는 달리 좀 불안해진 얼굴로 버스에 올랐다.

"주목해주십시오. 앞으로의 일정을 간단하게 말씀드리겠습니다."

종주 위원장이 버스 가운데로 가서 마이크를 잡고 말하기 시작했다.

"버스는 11시 30분에 출발합니다. 지리산 성삼재에 내일 오전 3시 30분경 도착할 예정입니다. 도착 후 30분 동안 입산 준비와 준비 운동을 마친 뒤 오전 4시부터 산을 오르기 시작합니다."

교수를 뺀 모든 사람들은 경악하였다. 아무리 여름이라도 새벽 4시에는 쌀쌀하기 마련이다. 게다가 해도 뜨지 않은 새벽 4시에 눈에 보이는 것이 있기나 할지 걱정이었다. 그러나 이미 버스는 출발하고 있었다. 버스에 탄 연구원들은 이미 버스를 탔으니 될 대로 되라는 심정으로 저마다 잠을 청했다.

3

"저기, 하늘 좀 보게."

교수는 마치 어린애마냥 하늘을 보더니 좋아하였다. 짙은 남빛의 밤하늘을 수많은 별이 수놓고 있다. 무심코 올려다 본 하늘에는 쏟아질 듯 많은 별이 새벽을 깨는 불청객을 반겨준다.

"입을 다물 수가 없습니다."

"그래서 말하지 않았나. 자연의 아름다움을 표현하기에 인간의 언어는 턱없이 부족하다고. 허허."

그렇게 경관에 감탄하며 걷다보니 어느덧 노고단에 이르렀다. 노고단에서부터는 오솔길이다. 지리산은 바위가 많지 않아 체력이 약한 학생도 처음에는 쉽게 따라간다. 한참을 걸어 어느덧 능선에 오르니 운해가 자욱한 모습이 드러나고, 그 사이에 돋아난 해가 운해를 비집고 그 빛을 뿜어낸다.

그렇게 걷다 보니 토끼봉으로 오르는 길이 나온다. 토끼봉은 계속되는 오르막으로 종주 코스의 첫 번째 난코스이다. 모두 긴장해서 오르는데 생각보다 등산로의 정비가 잘 되어 보폭을 조금씩 하면서 올라갈 수 있다. 천천히 걸음을 옮기다 보니 어느새 토끼봉에 도착한다. 서로 힘겹게 끌어주고 밀어주며 첫 번째 난코스를 무사히 넘긴 것이다.

"아, 경치가 참 좋습니다. 이제 한 시간 반만 가면 세석산장에서 쉴 수 있습니다."
조금만 더 가면 쉴 수 있다는 종주 위원장의 말에 사람들은 희망을 얻어 걸음을 재촉했다. 그러나 종주 위원장 노산과 등산을 해본 적이 있는 사람들은, 그 말을 곧이 믿었다가는 그의 이름처럼 산을 거부하게 된다는 사실을 안다.
"선배, 진짜 한 시간 반이면 되는 거예요?"

'응, 자동차 타면······.'

"정말 곧 쉬는 거죠? 형님은 평소에는 신뢰가 넘치는 사람인데, 산에만 오면 자꾸 신뢰를 잃어요."
그러나 종주 위원장은 그런 말에도 아랑곳하지 않고 꾸준히 사람들을 다독이며 산을 오르고 또 올랐다. 그렇게 한참을 올라가니 세석산장이었다. 미리 대피소에 예약을 해놓았던 차라 편안히 짐을 놔두고 식사를 준비했다.

"이야, 이건 제가 먹어본 것 중에 가장 맛있는 라면이랑 삼겹살입니다!"

수교는 감탄을 금치 못했다. 그런 수교의 모습을 교수는 흐뭇하게 바라보았다. 식사를 마치고 쉬면서 체력을 보충한 사람은 일찌감치 잠자리에 들었다.

다음 날 새벽 5시, 일행은 일어나서 또 출발을 준비하였다. 세석산장을 출발하여 촛대봉을 오르는 것이 두 번째 날의 1차 목표이다. 여름 아침이라도 어제와는 달리 햇볕이 너무 강렬하다. 바람이 없어서 그런지 더욱 햇볕이 따갑게 느껴진다. 세석산장에서 20분가량을 오르니 촛대봉에 다다른다. 그런데 일행 중 한 명이 삼신봉 오르는 길에 바위에서 미끄러졌다.

"형, 괜찮아요?"

"아, 다리에 쥐가 나서……. 조금만 쉬면 괜찮을 거야. 먼저 올라가."

수교는 이렇게 두고 가도 되나 싶었지만, 다리를 다친 사람과 빨간 바지를 입은 일행 한 명만 두고 모두 다시 산을 오른다.

"저렇게 두고 와도 되나요?"

수교는 조심스럽게 도희에게 물었다.

"걱정하지 마세요. 원래 운동 신경이 뛰어난 사람들이니까."

"그런 사람들이 왜 저렇게?"

"너무 흥분해서 페이스 조절을 제대로 못한 거죠. 자기 잘못이에요."

도희는 할 말만 하고 대답할 기운도 없다는 듯 입을 꼭 다물었다. 아닌 게 아니라 이제 다들 지쳐간다. 처음에는 카메라를 꺼내 들고 여기저기 사진을 찍던 도희도 이제는 묵묵히 길을 걸을 뿐이다. 그렇게 그들은 제석봉에 도착한다. 제석봉은 앞이 트인 고사목 군락지이다. 많은 사람이 고사목의 기이한 모습을 카메라에 담는데도, 도희는 그럴 힘도 없는지 그저 지나칠 뿐이다.

멀리 보이는 봉우리가 천왕봉이려니 하고 오르면 아니고, 이번엔 맞겠거니 하고 오르면 또 아니었다. 점점 지쳐가는 일행을 다독이려고 종주 위원장은 또다시 산에 오기만 하는 거짓말을 시작하였다.

"다음 봉우리가 천왕봉이니까 조금만 힘을 냅시다. 여긴 휠체어도 올라가는 코스입니다. 심지어 목발 짚고도 한 시간이면 간다니까요."

"진짜요?"

'응, 목발 짚고 자동차 타면······.'

하지만 이번에도 천왕봉은 아니었다. 사람들의 따가운 시선이 종주 위원장에게 꽂히지만 종주 위원장은 못 본 척한다. 연하봉을 거쳐 마지막 봉우리가 눈에 들어온다.
"이번엔 진짜 천왕봉입니다."
"에이, 이제 안 속아요!"
이번에는 정말로 천왕봉인데, 양치기 소년의 거짓말에 속은 사람처럼 이제 아무도 종주 위원장을 믿으려 하지 않는다. 정말로 그 뒤에 더 높은 봉우리가 보이는데도 말이다. 반신반의하던 사람들은 천왕봉에 도착하여서야 그 말을 믿는다.

'천왕봉 1915m,
한국인의 기상 여기서 발원되다.'

표지석이 눈에 들어오니 사람들도 이제 안 믿을 수가 없다. 내내 잠잠하던 바람이 한꺼번에 몰려오니 그동안 힘들었던 모든 것이 날아갔다.

4

교수는 제자들과 함께 천왕봉에 서서 환한 미소를 보였다. 학생들의 얼굴에서도 힘든 과정을 이겨낸 뿌듯함을 한가득 찾아볼 수 있었다.
"교수님, 비록 올라오는 길은 힘들었지만, 여기 서니 정말 좋습니다."
"그렇지? 처음엔 힘들어하던 자네들도 산을 좀 타다보니 그 사이에 실력이 많이 늘었군그래."
"아이고, 교수님, 저는 아직도 다리가 후들거립니다."
수교는 벌건 얼굴로 가쁜 숨을 몰아쉬었다. 교수는 그런 수교를 보며 껄껄 웃었다.
"허허, 그래, 도 조교. 우리 여기까지 왔는데 사진 한 장 박아야지."
"네, 제가 찍겠습니다."
"아니야, 도 조교도 함께 찍어야지. 저기 다른 등산객에게 부탁하고 자네도 이쪽으로 오라고."
어쩐 일인지 도희가 마다하지 않고 교수의 말을 따랐다.
"자, 찍겠습니다! 하나, 둘, 셋!"

그렇게 단체 사진도 찍고 30분 정도 천왕봉에서 휴식을 취하며 하산할 준비를 하였다. 그런데 날씨가 갑자기 흐려졌다. 산행 경험이 풍부한 종주 위원장은 교수를 찾았다.
"교수님, 금방 비가 올 것 같습니다."
"음, 서둘러 내려가야겠네. 다들 힘들더라도 빨리 일어나도록 하지."
하산할 때는 4시간 정도 걸리는 코스를 선택하였다. 그 길이 가장 빨리 내려갈 수 있는 코스였다. 그러나 중간에 2시간가량이 돌로 된 코스라 위험하기도 하였다. 다들 조심하면서 하산을 하는데 중턱을 내려올 무렵 비가 내리기 시작하였다. 큰비는 아니었지만, 길을 미끄럽게 만들어서 한층 위험했다.
"다들 넘어지지 않도록 조심해서 내려오게."
"네, 교수님!"
교수는 신신당부를 하며 학생들을 이끌었다. 그렇게 10분쯤 내려갔을 때, 갑자기 일행의 중간쯤에서 비명 소리가 들렸다. 날카로운 비명의 주인공은 도희였다. 가뜩이나 돌이 많아 위험한 등산로에 비까지 내려 미끄럽다 보니 넘어져서 발목을 삔 것이었다. 그러나 더 이상 시간을 지체할 수는 없었다. 빨리 내려가서 더 이상 비를 맞지 않도록 해야 했다.

'어떡하지. 내가 도와주고 싶긴 하지만, 내 도움을 받으려고 할까? 게다가 내 짐도 있고……'

우물쭈물하는 수교의 옆에 교수가 다가왔다. 교수는 수교의 짐을 대신 들기 시작했다.

"교, 교수님!"

"허허, 바보처럼 뭐하나? 이거보다 더 좋은 기회가 어디 있어? 대신 내려와서 막걸리는 자네가 사게. 먼저 가서 기다리겠네."

교수는 수교를 향해 눈을 찡긋하고 학생들을 재촉하여 내려가기 시작했다.

"자자, 이렇게 지체하다간 다들 비 쫄딱 맞고 감기 걸리게 생겼네. 어서 내려가자고."

학생들은 다시 길을 재촉하였다. 도희만 난감한 표정으로 그 자리에 서 있었다. 수교는 굳게 마음을 먹고 도희에게 다가가 손을 내밀었다. 도희는 그 끝없는 자존심 때문인지 수교가 내민 손을 잡지 않았다.

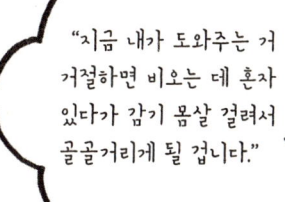

"지금 내가 도와주는 거 거절하면 비오는 데 혼자 있다가 감기 몸살 걸려서 골골거리게 될 겁니다."

"차라리 그게 마음 편할지도 모르죠. 저는 원래 빚지고는 못 사는 성격이에요."

"그러지 말고, 호의를 받으시죠. 안 그럼 혼자 그냥 내려갑니다."

잠깐 망설이던 수교는 그냥 내려가는 척 뒤돌아서서 몇 발자국을 걸었다.

"저기, 선배님!"

그러자 도희가 다급하게 수교를 불러 세웠다.

"왜요?"

"음……. 그럼, 제대로 사례할 테니까, 좀 도와주세요."

"어떻게 할 건데요?"

"그건……."

"그럼, 내가 말 놓기, 어때요?"

"그거면 돼요?"

"너무 저렴한가? 그럼 나중에 한잔 사기?"

"푸훗, 알았어요. 말씀하신 거 다 해드릴게요."

"진작 그렇게 나오셨어야지, 자!"

수교는 얼른 도희에게 달려가 손을 내밀었다. 도희는 못 이기는 척 수교의 손을 잡고 걸음을 옮기기 시작했다. 도희의 손은 따뜻했다.

발목을 삔 도희를 부축하느라 수교와 도희는 다른 일행보다 내려가는 속도도 더뎠고, 더 힘이 들었다.

"선배님, 우리 조금만 쉬었다 가요."

바로 앞에 작은 벤치가 있어서 수교와 도희는 잠시 쉬기로 하였다. 벤치에 앉아 잠시 한숨을 돌렸다. 그런데 도희는 갑자기 가방을 뒤지더니 핸드폰을 꺼냈다.

수교는 자신이랑 둘만의 애틋한 시간에 전화를 걸려 하는 도희가 무심히게 느껴졌다.

"같이 사진 찍어요."

수교는 살짝 당황했지만 내심 기분은 좋았다.

'어라, 슬슬 나한테 관심을 가지는 건가?'

복잡한 생각에 잠긴 수교의 표정은 딱딱하게 굳었다.

 208 테미스

"풉. 선배님, '릴렉스' 하세요."

인천 국제공항: 다윗의 도전

/

우면산 터널 재협상 과정에서 수교는 회사에 모르는 사람이 없는 유명인이 되어버렸다. 아직 세부적인 조율 사항이 남아 있다고 해도 중요한 사항들이 결정된 마당에 그런 것은 별문제가 되지 않았고, 회사는 재협상 결과에 아주 만족하고 있었다. 이렇게 성공적인 재협상을 이끌어낸 주역으로 수교가 손꼽힌 것이다. 그런 이유로 끊이지 않는 술자리에 아침마다 머리가 지끈거리긴 해도, 수교는 지각 한 번 없이 출근했다. 이번 우면산 터널 재협상의 성공으로 자신감을 되찾은 수교는 일 자체가 즐거웠기 때문이다.

변함없이 아침 일찍 출근해서 자료실에 들렀다가 나온 수교는 모퉁이를 돌아서야 빠뜨린 자료가 있다는 것을 깨달았다. 그러나 다시 모퉁이를 돌아 자료실로 가려던 수교는, 모퉁이 너머에서 소곤대는 여직원들의 대화에 발걸음을 멈출 수밖에 없었다.

"얘, 방금 그 사람! 그 사람이야!"

"누구? 방금 그 사람?"

"그래, 그 사람이 바로 성수교 대리란 말이야."

"정말? 진작 얘기하지, 자세히 못 봤단 말이야!"

"그렇다니까. 이번에 우면산 터널 재협상을 실질적으로 저 사람이 이끈 거라잖아."

"이번 인사이동에서 파격적인 승진이 있을 거라던데?"

"하긴, 우면산 재협상은 회사에 엄청 중요했으니까."

"그러니까. 이번에 그게 잘 풀리면서 회사 쪽에 여러모로 도움이 된 거 같아."

"당연하지. 엊그제 뉴스에 또 났던데? BTO 사업의 모범적인 사례라면서 칭찬 일색이더라구."

"근데 성 대리님 말이야, 삼풍에서 과장으로 있다가 옮긴 거라면서? 나는 그래서 나이가 꽤 있을 줄 알았는데, 생각보다 젊어 보이는데?"

"삼풍에서도 초고속 승진으로 과장까지 갔다가 무슨 입

찰이더라……. 아무튼 무슨 문제가 생겨서 우리 회사로 옮긴 거래."

"그래? 무슨 일이길래? 아무튼 능력 있는 사람은 다르구나. 저런 사람들은 어딜 가서든 성공한다니까. 완전 멋있다! 결혼은 했대?"

"기집애, 너는 꼭 그것부터 확인하더라? 아직 솔로라는 기쁜 소식!"

"정말?"

본의 아니게 그들의 대화를 엿듣게 된 수교는, 쑥스러운 마음에 빠뜨린 자료도 잊은 채 사무실로 돌아왔다. 쑥스러운 한편 기분이 좋았다.

'아……. 이런 대화를 도희가 들어야 하는데.'

처음 다윗개발에 입사했을 때를 생각하면 지금 자신에게 쏟아지는 찬사는 꿈만 같은 일이었다. 그때만 해도 대부분의 사람은, 명문대 출신이 실패해서 중견 업체에 왔다며 뒤에서 수군거리곤 했던 것이다.

"성 대리님은, 왜 삼풍에서 쫓겨나서 여기 오신 겁니까?"

언젠가 회식 자리에서 눈치 없이 이런 질문을 던진 신입사원 때문에 분위기가 어색해지고, 다들 먹는 둥 마는 둥 회식 자리가 흐지부지된 적도 있었다. 그때와 지금을 비교해보니 스스로 뿌듯한 마음이었다.

"어, 성 대리님! 오늘도 일찍 나오셨네요."
수교가 옛날 일을 회상하는 동안 어느새 출근한 맹 대리가 수교를 찾았다.
"어, 맹 대리. 나왔냐."
"요즘 너무 일찍 나오시는 거 아닙니까? 그러다 몸 상해요."
"괜찮아! 그나저나 우면산 세부 사항 오늘 확정되는 거지?"
"그럼요! 아주 제가 다 속이 시원합니다. 그럼 오늘 또 거하게 한잔하겠죠?"
요즘 술이라면 질릴 대로 질릴 법한 수교였지만, 그동안의 고생이 마무리되는 오늘만큼은 실컷 마셔두고 싶었다.
"좋아, 그럼 오늘 일 끝내고, 제대로 한번 마셔보자구!"

2

'아, 속 쓰려. 뭐 좀 먹을 만한 거 없나?'
수교는 쓰린 속을 부여잡고 간신히 몸을 일으켰다. 우면산 터널 재협상의 세부 사항 조율이 끝난 어제, 도대체 얼마나 마셨는지 기억이 나지 않을 정도로 거한 술자리가 이어졌다. 모두들 그동안의 고생을 잊으려는 듯 마음껏 술을 마시고 취했다.

다음 날, 수교는 지각이라는 생각에 서둘러 집을 나섰다. 회사에 도착해서야 그렇게 서두를 필요가 없었다는 생각이 들었다. 팀장 역시 아직 출근하지 않았고, 다른 사람도 거의 출근하지 않은 상태였다. 그동안 고생한 수고를 인정해주는 것인지 오늘의 지각은 별문제 없이 용납되는 분위기였다.

'아, 해장국이라도 먹고 올걸, 괜히 뛰어왔네. 얼굴은 또 이게 뭐야.'

뜨끈한 해장국 생각에 입맛을 다시며 잠깐 눈을 더 붙일까 말까 고민하는 수교에게 전화가 걸려왔다.

"여보세요. 성수교 대리님이십니까?"

"네, 그런데요?"

"이사님께서 찾으십니다. 지금 방으로 오십시오."

지금 바로 가겠노라고 대답은 해놓았지만, 수교는 절로 얼굴이 찌푸려졌다.

'에이, 눈 좀 더 붙일까 했더니. 근데 이사님께서 나를 왜 찾으시지? 팀장님이 아직 안 오셔서 그런가?'

의아한 마음이 들기도 했지만 별일은 없을 거라는 생각으로 수교는 이사의 방으로 가서 문을 두드렸다.

"들어오세요."

"이사님, 안녕하십니까? 좋은 아침입니다."

수교는 애써 밝은 표정을 지으며 이사에게 아침 인사를 건넸다. 그러나 그런 수교를 바라보는 이사는 얼굴을 잔뜩 찡그리고 있었다.

"아니, 자네 꼴이 왜 그런가? 아직 술이 덜 깼나?"

"네? 아, 아닙니다."

수교는 황급히 표정을 가다듬고 옷매무새를 정리했다. 그러나 이사는 갑자기 묘한 웃음을 지었다.

"허허, 농담일세. 일단 거기 좀 앉지."

이사의 태도에 약간 당황한 수교는 그가 권하는 대로 자리에 앉았다. 이사는 자신의 책상에서 일어나 수교의 맞은편에 다가와 앉았다.

"그래……. 어제 우면산 터널 재협상 건이 마무리되었다지?"

"네. 어제 세부 사항 조율이 완전히 끝났습니다."

"음, 이번에 자네가 아주 큰일을 했어. 이번 일은 우리 다윗개발에 아주 큰 힘이 될 걸세. 자네가 회사를 살린 거야."

"아닙니다. 과찬이십니다."

"과찬이라니, 겸손하긴. 그건 우리 다윗개발 직원이라면 모두들 아는 사실인데 뭘 그러나."

"아닙니다. 앞으로 더 열심히 하겠습니다."

이사의 칭찬에 수교는 더욱 어쩔 줄 몰랐다. 회사의 임원이 일부러 자신을 불러 격려를 해주다니, 예전에는 상상도 하지 못할 일이었다.

"참, 우면산 건은 이제 마무리되었다고 했지?"

"네, 거의 끝났다고 보시면 됩니다."

"음······. 그래서 말인데, 자네 이번엔 영종도 공항 건을 한번 맡아서 해보겠는가?"

"네? 하, 하지만, 아직 우면산 관련한 작업, 작업들도 남아 있고······."

"허허, 우면산 건이라면 자네 입으로 거의 끝났다고 하지 않았나?"

수교는 갑작스러운 이사의 말에 당황하여 제대로 대답을 할 수가 없었다. 우면산과 관련하여 할 일이 많다고 둘러대고 싶었지만, 이미 이사의 함정에 걸려든 느낌이었다.

"우면산과 관련해서 다른 부수적인 문제가 생기더라도 그런 건 다른 친구들이 알아서 처리할 테니까 자네가 걱정할 필요 없네. 그것보단 영종도 공항 건이 다가오는 중요한 과제니까, 그 일에 집중해보라고."

이사는 애초에 수교의 의견을 물으려고 한 것은 아니었다. 그는 그저 수교에게 통보를 해줄 뿐이었다.

"자네 아니면 누가 이 일을 맡겠는가? 이번 우면산 건으로 자네의 능력이 드러났으니 이번 기회에 제대로 발휘해

218 테미스

보라는 말이야."

이사는 이미 결정된 일인 것처럼 막무가내로 수교에게 영종도 공항 건을 맡겼다.

"대신, 이번 입찰에만 성공한다면 자네에게 그 대가는 섭섭하지 않게 돌아갈 걸세. 우면산 터널 건도 있고……. 영종도까지 성공한다면, 이례적인 승진이 보장될 거야. 이건 사장님께서도 약속하신 내용이니까 말뿐이 아니라구. 이런 기회가 두 번 다시 올 것 같나?"

이미 자신에게 선택권이 없음을 알게 된 수교는 체념하고 자신의 상황을 받아들이기로 했다.

"대신……."

"대신 뭔가? 무엇이든 말만 하게."

"그럼 영종도 공항 입찰 팀을 제가 꾸리도록 해주십시오."

"허허, 그렇게 하겠나? 알겠네. 우리도 전폭적인 지지를 아끼지 않을 테니 아무 걱정 말고 무엇이든 이야기하게."

"알겠습니다. 이사님께서 그렇게까지 도와주신다고 하니, 한번 열심히 해보겠습니다!"

3

권유를 가장한 이사의 통보 앞에 일단 열심히 해보겠노라 말은 했지만, 자리로 돌아온 수교는 걱정이 이만저만이 아니었다. 국제공항과 같은 초대형 프로젝트를 맡게 되다니. 그만큼 회사로부터 능력을 인정받은 것이기 때문에 기쁘기도 했지만, 기쁨도 잠시뿐 어느새 머릿속이 텅 비어 버렸다. 수교는 아무런 생각도 떠오르지 않아 멍하니 앉아 있었다.

"성 대리님, 어제 잘 들어가셨어요? 저는 속이 쓰려서 죽겠어요."

잔뜩 찌푸린 얼굴의 맹 대리가 멍한 수교의 눈앞에 나타나 볼멘소리를 해댔다. 수교 역시 더욱 속이 쓰려오는 것을 느꼈다. 이대로는 아무런 생각도 나지 않을 것 같았.

"이봐, 지금 좀 나가자."

"네? 지금 막 출근했는데 어딜 또 나가요?"

"걱정하지 말고 따라 나와. 근데, 영종도 공항에 대해서 좀 알아?"

"영종도 공항이요? 뜬금없이 그건 왜요?"

"앞으로 우리가 잘 알아봐야 할 대상이거든."

"네? 아침부터 뜬구름 잡는 얘기만 하십니까?"

"일단 가자. 속부터 좀 달래야겠어."
"어, 성 대리님!"

수교는 앞장서서 성큼성큼 걷기 시작했고, 당황한 맹 대리는 서둘러 그의 뒤를 좇았다. 수교는 해장부터 하고 그다음을 생각해야겠다 싶어서 맹 대리를 데리고 회사 앞 해장국집으로 들어갔다.
"성 대리님, 갑자기 그 얘기는 왜 하신 거에요?"
"일단 먹어둬. 먹을 땐 개도 안 건드린다잖아. 먹고 생각하자구."
"그건 그렇지만……."
우물우물 해장국을 씹어가며 맹 대리가 말끝을 흐렸다. 성격 급한 친구였지만, 수교가 이렇게 말할 땐 꼬치꼬치 캐묻지 않는다는 것이 그의 장점이었다. 둘은 묵묵히 식사를 마쳤다.
"자, 그럼 이제 가보실까?"
이제야 자신의 궁금증을 풀 수 있으리라 기대한 맹 대리는 호기심에 찬 눈빛으로 수교를 따랐다. 그러나 수교가 도착한 곳은 회사 근처의 사우나였다.
"성 대리님!"
맹 대리는 불만에 찬 눈빛으로 수교를 바라보았다. 수교

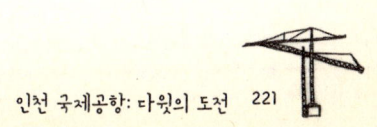

는 시치미를 떼며 그를 사우나로 밀어 넣었다.

"일단 한숨 자고 일어나서 다시 생각하자구. 그래야 머리가 제대로 돌아갈 것 같아. 그렇지 않으면 머리가 터질지도 모른다니까. 놀라지 않으려면 마음의 준비 단단히 해!"

그렇게 사우나에서 눈을 붙이고 말끔해진 모습으로 사무실로 돌아왔을 때는 모두들 출근한 상태였다. 맹 대리는 팀장의 눈치를 보았으나 팀장은 두 사람에게 아무런 말도 없었다. 수교는 맹 대리와 함께 팀장을 찾아갔다.

"팀장님."

"음, 성 대리. 축하하네. 그래, 팀 구성이랑 기본적인 사항들은 결정했나?"

"네. 속 쓰린 것부터 해결하니까 나머지는 뭐, 하하하."

"내 그럴 줄 알았지."

"저, 팀장님께 부탁 좀 드려야겠습니다."

"나한테? 무슨 부탁?"

"지금 우리 팀 그대로 인천 공항 건을 맡도록 해주십시오."

"뭐?"

"물론 인력이 부족하니까 충원은 필요하겠지만, 어쨌든 기본 구성은 지금 팀 그대로 하고 싶습니다. 저한테 지금만큼 손발이 잘 맞는 팀원은 없을 것 같아서요. 물론 그만큼 저를 제대로 몰아붙일 분도 팀장님밖에 없을 것 같구요."

"허어……."

"부탁드립니다, 팀장님."

"이것 참. 이제야 떨어지나 했더니 또 자네와 같이 일을 해야겠군."

"네!"

"내가 자네랑 일하고 싶어서 그러는 게 아니야. 공항 건에 무조건 협조하라는 위쪽의 지시가 있었다구. 그러니 할 수 없지 뭐."

혹시라도 팀장이 거절할까 봐 마음을 졸이던 수교는 그제야 안심이 되었다. 수교의 동기는 무슨 일인지 모르겠다는 멍한 얼굴로 수교를 바라보았지만, 마음이 편해진 수교는 넉살 좋게 팀장에게 농담을 던졌다.

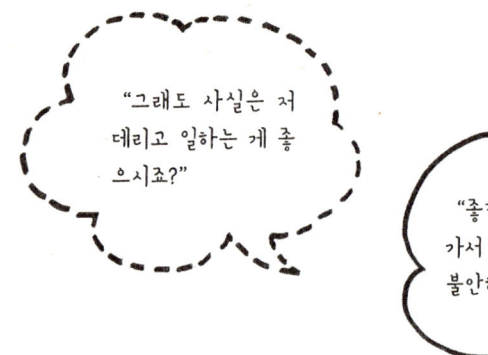

"그래도 사실은 저 데리고 일하는 게 좋으시죠?"

"좋긴 뭐가 좋아? 어디 가서 사고나 치지 않을까 불안하게 만드는데!"

"하하하, 이번엔 제대로 사고 한번 쳐보려고 합니다!"
"그런 기백이라면 나도 적극 협력하지. 그럼 일단 맹 대리와 함께 사업에 대한 기본 조사부터 마쳐서 회의실로 들어오라구. 이 일을 제대로 성사시키려면 아주 기초적인 것부터 짚어야 하니까 제대로 준비하게."
"네, 알겠습니다!"
"두 시간 후에!"
"네? 두 시간이요?"
"이러고 있을 시간이 없어. 얼른 움직여!"
'역시 팀장님이야.'
수교는 아직도 멍하니 서 있는 맹 대리를 데리고 나오면서 빙긋 웃었다.

4

이제야 사태를 파악하게 된 사람들의 긴장감으로 인해 회의실은 여느 때보다 날카로운 분위기였다. 그런 분위기를 풀어주면서 회의를 시작한 것은 역시 팀장이었다.

"뭐야, 다들 왜 이렇게 잔뜩 얼어 있어? 회의 한두 번 해보는 것도 아닌데. 계속 이런 식이면, 장기 레이스에서 불리하다구. 자, 그럼 회의를 시작해볼까? 맹 대리가 먼저 조사한 내용을 발표해보지."

"네. 우리나라의 항공 수요는 매년 꾸준히 늘었으며, 특히 1995년부터 2000년까지 연평균 9.1%의 여객이 늘었습니다. 이중 인구가 2,000만 명이 넘는 수도권의 항공 수요가 전체의 90% 이상이며, 이는 연평균 12%씩 증가하였습니다. 향후 국제 여객 수요가 2008년에 3,080만 명, 2015년에 4,630만 명으로 늘어날 것으로 전망됩니다. 이로 인한 중앙 공항의 수용 능력 한계에 대비하여 제시된 것이 새로운 국제공항의 건설입니다."

"기존의 중앙 공항을 확장하자는 안도 제시되지 않았나요?"

"아, 그건 주변의 장애 구릉으로 인한 항공 안전 문제, 주거 밀집 지역으로 인한 항공기 소음 피해 문제 때문에 진행되지 못했습니다. 더욱이 중앙 공항 북측은 비무장지

대와 근접해 있고, 동측은 서울 도심과 인접해 있어 더 이상의 추가 확장은 어렵습니다. 이 때문에 새로운 공항을 건설하는 쪽으로 선회한 것입니다."

"음, 그렇군."

모두들 아주 사소한 것도 놓치지 않겠다는 듯 비장한 얼굴로 설명을 들었다.

"정부에서는 이번 기회에 동북아시아의 중추 공항[9]을 목표로 신공항을 만들고자 합니다. 신공항 부지로 서울 도심에서 한 시간 이내에 도달할 수 있으면서 주변에 소음 피해가 없는 지역을 물색했지요. 영종도, 시화지구 등 서너 지역의 후보지를 정밀하게 비교 분석한 결과 영종도를 최종 후보지로 결정한 것입니다."

"정부 측에서 인천 공항 프로젝트를 담당하는 조직은 어디지?"

"2년 전에 조직된 건설교통부 산하 '신공항 건설 기획단'입니다. 올해 안으로 기존의 한국공항공단 내에 신공항 건설을 담당할 '수도권 신공항 건설 본부'를 설치하여 현장에서 사업을 직접 추진할 수 있도록 한다고 합니다."

"2년 전부터 정부 조직이 만들어졌다니, 다른 회사들은

---

9 중추 공항(Hub Airport)
특정 지역의 중심이 되는 공항을 의미한다. 사람이나 화물이 이동을 위해 거쳐 가는 지점이 되며, 항공기가 모여들므로 여객과 물류의 중심지가 된다.

얼마나 준비가 되어 있겠나?"

"공항 시설과 접근 교통 시설에 대한 기본 계획을 수립하고 주변 토지에 대한 이용 계획을 수립한 것, 그리고 사업 추진을 위한 기초 조사를 시행하여 '인천 공항 건설 기본계획'을 고시한 것이 얼마 전입니다. 여기에서 신공항 사업의 규모와 기간, 사업비 등을 상세하게 규정했으니, 아마 본격적인 준비 상태는 모두 비슷할 거예요."

맹 대리가 설명을 마치자 팀장이 정리했다.

"이렇게 거대한 공사니까 분리 발주될 가능성이 높아. 일단, 어느 패키지에 주목하는 게 좋을지 다들 생각해보고, 입찰 계획을 잡아봐. 그 일은 전적으로 여기 성 대리 지휘 아래 움직이기로 하지."

"네, 알겠습니다!"

5

"성 대리님, 오늘도 '비타비타' 먹어야 돼요?"

"그게 무슨 소리야?"

"12시 전에 집에 들어가긴 틀렸냐는 말이죠."

"안 되겠군 그럼 그 전에 집에 들어갈 생각을 했단 말이야?"

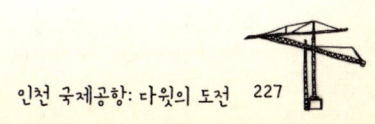

"이럴 바에야 회사 근처에 방을 얻을까 봐요. 어차피 들어가서 잠만 자고 얼굴만 씻고 나올 텐데."

"오, 나쁘지 않은 생각인데?"

"아, 진짜 너무하십니다."

"그래도 나랑 같이 일하고 있으니까 좋지?"

수교는 눈을 찡긋하며 농담으로 맹 대리의 불만을 무마시켰다. 벌써 며칠째인지 셀 수도 없이 이어지는 야근에 수교에게 불만을 토로했던 그는 어이없다는 듯 피식 웃고 말았다.

"공사 얘기나 마저 하자구. 이정도 규모의 공사가 국내 업체들만의 기술력으로 가능할까? 외국 업체에서도 관심을 가질 텐데……."

"네. 그래서 당초에 국제 입찰로 계획되어 있었다나 봐요."

"그런데?"

"외국사들이 직접 건설에 참여하는 걸 꺼리고, 그보단 CM 분야를 위주로 참여하고자 하니까 입찰 공고도 변경된 거 같아요."

"거기다 국제 입찰 과정에서 걸리는 시간이 공사 기간을 잡아먹을 것도 생각하지 않을 수 없었겠지?"

"그렇죠."

그래서 결국 CM[10] 분야에 한해서만 국내 면허를 취득한 외국사를 인정하고 국내 시공사와 컨소시엄을 이루어 입찰에 참여할 수 있게 한 것이다. 선진 외국사들이 공사 입찰에 직접 참여했다면 다윗개발과 같은 중견 업체는 입찰 자체에 참여할 수 없었을지도 모른다.

"그래도 앞이 막막하긴 마찬가지네요. 휴우."

좀처럼 한숨을 쉬지 않는 맹 대리마저 어두운 얼굴로 한숨을 쉬었다. 수교도 앞이 막막하게 느껴졌다.

"일단 오늘은 여기까지만 하지."

"네? 정말요? 집에 가도 되는 겁니까?"

"그렇다니까."

"그럼 성 대리님 마음 변하기 전에 얼른 가야겠습니다. 그런데 성 대리님은 안 가십니까?"

"나는 좀 더 있다 갈게."

"왜요? 성 대리님도 들어가서 쉬셔야 해요. 무리하다 한 번에 훅 갈 수도 있어요!"

"아냐, 난 자료 조금만 더 찾고 갈게. 먼저 들어가. 맘 변하기 전에 얼른."

"그럼……. 저 먼저 일어나겠습니다."

---

10 CM

CM은 Construction Management의 약어이다. 건설 경영 또는 건설 사업 관리를 의미한다. 자세한 내용은 246p를 참조.

행여나 수교가 다시 붙잡을세라 얼른 사무실을 빠져나가는 맹 대리의 뒷모습을 바라보며 수교는 골똘히 생각에 잠겼다.

'좋아, 어디부터 생각할까?'

6

환한 사무실 안에서 어두운 창밖을 바라보면서 수교는 막막함과 마주하였다. 저 어두운 밤하늘처럼 공항 건 역시 감을 잡을 수가 없었다. 사업 규모가 너무 커서 어느 부분부터 손을 대야 할지 파악하기가 어려웠다.
'이번 공항 건은 그동안 우리가 참여했던 입찰들과는 달라.'
수교는 얼마 전 다시 만난 이사의 말이 떠올랐다.

"자네도 잘 알겠지? 이번 프로젝트는 우리 다윗개발이 한 단계 도약하는 계기가 되어야 하네. 우면산 터널 재협상에 이어서 이번 프로젝트로 우리 회사의 입지를 확실히 한다는 생각이라구. 자네의 역할이 아주 크네."

이사의 말은 수교에게 적잖이 부담이 되었지만, 그만큼 동기 부여가 되는 것도 사실이었다. 이번 입찰은 전처럼 대기업을 보조하는 역할로 컨소시엄을 이루어 참여하는 것이 아니었다. 다윗개발의 입지 확보를 위한 도약 차원에서 컨소시엄의 선봉장이 되어 프로젝트를 이끌어나가야 하는 것이다.

'그렇지만 단지 이 사업만을 위해 갑자기 회사 규모를 늘릴 수도 없는 노릇이고. 어떻게 하면 좋지?'

수교는 도무지 풀리지 않는 문제를 두고 고민하고 있었다. 게다가 고민은 그것만이 아니었다.

'이 거대한 공사의 일부분에 참여해야 할 텐데, 대체 어디에 참여하지? 그리고 무슨 근거로 그걸 결정하지? 아, 도대체 답이 나오질 않아……. 이런 문제를 같이 고민할 사람이 있으면 좋을 텐데……. 일단 CM 파트너부터 정해야 하겠지?'

생각해보니 같이 일을 진행할 파트너를 구하면, 다른 문제도 어렵지 않게 풀릴 것 같았다. 그러나 당장이라도 마음만 먹으면 정할 수 있는 것처럼 이야기는 했지만, 다윗개발의 입장에선 사실 CM 파트너를 정하는 것도 쉽지 않았다. 골리앗건설이나 삼풍산업개발과 같은 대기업이라면 몰라도, 도약을 목표로 하는 다윗개발에 외국 업체가 선뜻 협력할 리가 없었다. 수교도 그것을 모르는 바는 아니었다. 그러나 아무 일도 해보지 않고 지레 포기할 수는 없었다. 일단 수교는 신공항 건설에 관심을 보이고 있는 8개의 외국 CM 업체를 살펴보았다. 그러나 어떤 업체와 접촉을 시도해야 할지 도무지 감이 오지 않았다.

'아. 어떻게 하면 좋을까.'

수교는 지끈거리는 머리를 안고 책상에 엎드렸다. 일단 CM 파트너부터 정하자고 생각했지만 그마저도 쉽지 않았기 때문이다. 그런데 갑자기 수교의 머리에 차가운 유리병의 감촉이 느껴졌다.

"이럴 줄 알았다니까. 제가 이래서 마음 놓고 집에 가서 쉬지도 못한다구요."

"어? 집에 안 갔어?"

"제가 성 대리님을 배신하고 집에 가서 혼자 편히 쉴 수 있겠어요? 자, 이거 드시고 기운 내십시오. 편의점을 못 찾아서 한참 돌아다녔어요."

수교는 찡한 감동을 느꼈다. 고맙다는 말이라도 하고 싶었지만 오히려 목이 메어 맹 대리가 내민 음료를 받아 뚜껑을 열면서도 말문이 트이질 않았다.

"어, CM 파트너부터 정하시려구요?"

"아, 응. 아무래도 그것부터 해결해야 할 것 같은데, 그게 쉽지 않네."

"당연히 쉽지 않죠. 다들 대기업하고 컨소시엄을 이루려고 할 텐데……. 에이."

맹 대리 역시 씁쓸해하긴 마찬가지였다. 그러나 수교는 애써 밝게 이야기했다.

"그래도 여기서 포기할 거면 시작도 안 했지. 어디 우리랑 같이 일할 파트너를 찾아보자구. 근데 어차피 규모가 큰 업체들은 우리랑 함께하려고 들지 않겠지?"

"그럴 가능성이 크죠. 그렇다고 해서 규모가 작은 업체들이 함께하려고 들지도 않을 걸요? 아무래도 그런 업체들은 대기업을 잡아서 자신들의 약점을 메우고 싶어 할 테니까."

맹 대리의 말은 일리가 있었다. 다윗개발과 같은 중견 업체와 함께 일하려고 선뜻 나설 업체는 없을 것이다. 결국 그들은 사업 계획으로 승부하는 수밖에 없었다.

"음……. 사실 저도 나름대로 조사해보긴 했는데……. Daniel Funni 정도면 어떨까요?"

"Daniel Funni?"

수교가 얼른 표를 확인해 보니 맹 대리가 조심스럽게 이야기를 꺼낸 Daniel Funni는 8개의 외국 CM 업체 중 3등 규모의 미국 회사였다.

"제가 알기로 이 회사도 우리처럼 중견 기업에서 시작해서 이 정도 규모로 발전한 지 얼마 되지 않았다고 하더라구요. 그런 회사라면 우리 쪽의 가능성을 봐주지 않을까 해서요."

맹 대리의 말에 수교는 한 줄기 빛이 보이는 것 같은 기분이 들었다.

7

다음 날부터 수교는 Daniel Funni와 접촉하기 위해 준비를 시작했다. 일단 목표가 생기니 일은 힘들지 않았다. 수교는 며칠 밤을 새워 전략을 세우며 사업에 대한 계획도 치밀하게 완성했다.

"성 대리님, 잠은 좀 주무시면서 하시는 거예요? 얼굴이 말이 아니에요. 그러다가 장가도 가기 전에 주름이 온 얼굴을 덮을지도 몰라요. 나이를 생각하셔야죠."

맹 대리가 걱정스러운 얼굴로 물었지만, 수교는 일단 기획안을 완성했다는 기쁨에 피로를 느끼지 못했다.

"됐어! 일단 Daniel Funni와 접촉해 보자구."

신이 난 수교는 Daniel Funni의 담당자에게 기획안을 첨부하여 메일을 보냈다. 맹 대리는 그런 수교를 안쓰럽다는 듯 바라보았다.

"그렇지만, 너무 기대하시진 않는 게 좋을 거예요. 그쪽에서 단번에 오케이 하진 않을 테니까요."

수교도 맹 대리의 말이 옳다는 것쯤은 알고 있었지만, 열심히 준비한 만큼 은근히 기대가 되는 것도 사실이었다.

그러나 Daniel Funni로부터 도착한 답장은 수교의 기대와는 달리 함께하기 어려울 것 같아 미안하다는 내용이었다.

수교는 약간 실망했지만, 오히려 오기가 생겼다. 맹 대리는 혹시나 수교가 크게 낙심했을까 봐 눈치를 보았으나 수교가 전보다 더 의욕적으로 매달리자 안심하는 한편 의아하게 생각했다.

"성 대리님, 정말 괜찮으세요?"

"그럼, 설마 Daniel Funni에서 '어이쿠, 감사합니다.' 이럴 줄 알았어?"

"아니, 그건 아니지만……. 그래도 저는 솔직히 성 대리님께서 좀 실망하실 줄 알았거든요."

"전혀 실망하지 않았다면 거짓말이겠지만, 이 정도로 무너질 성수교가 아니란 말이지."

"어디서 이렇게 단련되어 오신 거예요? 신기하네."

"아주 강한 여성분을 알고 있어서 말이야. 그분한테 여러 번 데었더니 이 정도는 아무 것도 아니야."

"어라? 성 대리님, 혹시 치사하게 혼자 연애하시는 겁니까? 그런 거예요?"

"연애는 무슨! 그런 거 아냐. 그럴 시간이나 있나?"

말은 그렇게 하면서도 수교는 도희가 떠올라 슬며시 웃음이 났다. 그녀라면 이런 상황에서도 정신을 바짝 차리라고 다그칠 게 분명했다.

"이봐, 지난번 우면산 터널 재협상과 관련된 기사들 기억해? 우리한테 우호적인 기사들."

"그때야 대부분 칭찬 일색이었죠 뭐."

"그래, 그거 스크랩해둔 거 있지? 그것 좀 모아서 보기 좋게 파일로 만들어줘."

"네, 알겠습니다!"

맹 대리는 수교의 뜻을 짐작하겠다는 듯 재빠르게 움직였다. 수교는 그동안 Daniel Funni에 보냈던 기획안을 보다 상세하게 수정하기 시작했다.

'좋아, 우리가 가진 실력을 전부 보여주겠어.'

수교의 손놀림은 점점 더 빨라졌다. Daniel Funni의 담당자와 수교 사이의 이메일도 좀 더 잦은 간격으로 오가기 시작했다. 처음에는 의례적으로 사양하던 Daniel Funni에서 조금씩 관심을 보이기 시작했기 때문이다.

Daniel Funni가 관심을 갖기 시작한다는 느낌이 들자 수교는 다윗개발의 실적이 정리된 포트폴리오를 송부하였다. 특히 우면산 터널과 관련된 내용을 집중적으로 강조하였다. 우면산 터널 재협상의 성공은 외부에서 다윗개발의 역량을 다시 보게 해준 사건이었고, 이는 Daniel Funni의 마음을 결정적으로 움직이는 계기가 되었다.

그렇게 몇 주가 흘렀다. 처음으로 Daniel Funni에서 먼저 다윗의 제안에 대해 회의를 요청하였다. 수교는 이제 거의 성공이라는 생각이 들었다. 일주일 후에 만나기로 약속을 정한 수교는 팀원들을 불러 모았다.

"Daniel Funni에서 먼저 회의를 하자고 제의했어."

"성 대리님 정말이세요?"

"그럼. 이제 우리가 할 일은 Daniel Funni가 우리에게 확신을 가지도록 하는 거야."

"그럼 또 일주일 동안 12시 전에 집에 들어가기는 글렀네요. 어제는 우리 딸이 저보고 '아저씨, 또 놀러오세요.' 하던데……"

"이봐, 힘내자고."

수교와 다른 팀원들은 회의를 위해 많은 준비를 하였다. 회의는 Daniel Funni 측에서 이루어졌다. 수교와 팀원들은 전시되어 있는 많은 실적 자료들을 보고 Daniel Funni가 자신들이 조사했던 것보다 훨씬 내실이 있는 회사임을 알게 됐다.

Daniel Funni 한국 지사장과 수교는 많은 이야기를 나누었다. 수교는 특히 다윗의 강점과 앞으로의 파트너십에 대해 이야기하려 했고, Daniel Funni의 지사장도 그 부분에 많은 관심을 보였다. 또한 인천 공항 사업에 다윗과 함께 참여하는 것이 좋겠다는 의사를 분명하게 밝혔다. 이미 수교가 보낸 포트폴리오에 어느 정도 마음이 움직였던 Daniel Funni는 결국 컨소시엄을 구성하자는 다윗의 의견을 받아들였다.

"이봐, 성 내리, Daniel Funni가 우리랑 같이 일하겠다는 게 진짜야?"

팀장은 도저히 믿을 수 없다는 얼굴로 몇 번이나 수교에게 확인했다.

"진짜라니까요. 여기 이렇게 증거가 있는데도 이러시다니, 팀장님은 저를 너무 의심하는 경향이 있으십니다."

수교는 장난스럽게 대꾸하면서 어깨를 으쓱거렸다. Daniel Funni에서 다윗개발과 컨소시엄을 결성하겠다는 공식 문건을 보내온 것이다. 그러나 팀장은 여전히 믿을 수 없다는 듯 문서를 몇 번이나 확인했다.

"도무지 믿기지가 않아서 말이야. Daniel Funni라면 골리앗 아니면 삼풍과 손을 잡으리라고 생각했거든."

"이게 다 성 대리님 덕분입니다. 아마 성 대리님이 Daniel Funni하고 메일을 수백 통은 주고받았을 거예요."

"그래? 언제 또 그런 일을 꾸민 거야?"

어느새 끼어든 맹 대리의 말을 듣고 팀장은 기특하다는 눈으로 수교를 바라보았다. 쑥스러워진 수교는 괜히 맹 대리의 어깨를 툭 쳤다.

"아닙니다. 맹 대리가 좋은 아이디어를 줬죠. 처음에는 Daniel Funni 쪽에서 우리가 대기업이 아니라고 꺼리는 눈치더니, 저희 쪽 성의를 보고서 마음을 움직이더라구요."

"아무튼 수고했어! CM 파트너가 정해졌으니, 나머지는 그쪽과 의논해서 정하면 되겠군."

"이제 다른 일들도 술술 풀릴 것 같습니다."

"좋아, 열심히 해보자구!"
"네!"

8

CM 파트너가 정해졌으니 다윗 컨소시엄이 할 일은 분리 발주되는 인천 국제공항 사업의 어느 파트에 참여할지를 정하는 것이었다. 다윗과 Daniel Funni는 어느 쪽에 입찰하는 것이 유리할지에 대해 서로 의견을 교환했다. 그들은 과거 다윗이 우면산 터널 공사를 맡고 재협상까지 성공시켰다는 긍정적 이미지를 고려하여, 공항 터미널 통로 부근을 담당하는 사업 파트에 참여하기로 했다. 이 공사는 터미널 출입구를 연결하는 도로 공사도 포함하고 있어서, 우면산 터널 공사와 유사한 점이 많았다. 또 다윗개발에서 우면산 프로젝트의 실무를 수행한 팀이 곧 현재 프로젝트를 끝낸다는 점도 고려했다.

수교는 입찰 공고 내용을 성실히 검토하였다. 그러나 아무래도 항후 항공 수요 증가분에 대한 대비가 충분치 않은 것 같아 마음에 걸렸다.

"어떻습니까?"

"아무래도 이 부분이 걱정되는데."

"그렇지만 우리 마음대로 공고 내용을 수정할 수도 없잖아요."

"그렇지만 문제가 될 게 불 보듯 뻔하잖아."

"그렇긴 하지만……."

"좋은 방법이 없을까?"

"아, 그럼 파트너의 의견을 들어보죠. Daniel Funni와 상의하는 게 어떨까요?"

"음, 그게 좋겠군."

다윗개발 내부에서도 토론해보았지만 쉽게 결론이 나지 않았다. 다윗 컨소시엄은 공고 내용에 대해 건교부에 문의해보기로 하였다. 수교는 직접 건교부 실무자를 만나 정부에서 인천 국제공항을 동북아 허브로 만든다고 하면서도 왜 향후 항공 수요 증가분을 충분히 반영하지 않았는지 문의하였다. 건교부 측에서는 정부에서 허가한 예산안이 충분하지 않아 예산안 안에서만 집행한다는 의사표현을 반복하였다.

향후 항공 수요 증가분에 대해 고민하던 수교는 자신의 생각을 솔직하게 Daniel Funni에 전달했다.

> 엔지니어로서의 양심과 자존심에 어긋나는 일을 그냥 따라가기란 어려운 일이지만, 회사 측면에서는 공익을 우선하는 것이 오히려 독이 될 수도 있음을 압니다. Daniel Funni의 생각은 어떤지 알고 싶습니다.

이러한 고민을 들은 Daniel Funni의 지사장이 수교의 생각에 힘을 실어주었다. 이번에 실패하더라도 Daniel Funni는 정직한 사업 파트너를 얻는 것이며, 수교의 생각을 정부나 혹은 다른 곳에서 알아줄 수도 있으리라는 것이었다. 그 말을 듣고 힘을 얻은 수교는 항공 수요 증가분을 치밀하게 고려하여 입찰을 준비하였다.

만반의 준비를 갖췄다고 생각한 수교는 자신만만하게 입찰장에 들어섰다. 입찰에 참여한 삼풍 컨소시엄, 골리앗 컨소시엄 등이 이미 입찰장에 들어와 있었다. 그리고 수교를 알아보고 다가오는 사람도 있었다. 바로 골리앗 컨소시엄의 나영웅이었다.

"어이, 여기서 또 보게 되네? 이거 자주 보게 되는데."

"아, 난 또 누구라고. 자주 보니까 반갑네."

수교는 자신만만한 표정으로 영웅에게 먼저 악수를 청했다. 영웅은 그런 수교의 모습에 약간 당황하는 듯했지만, 금세 본래의 여유로운 표정을 되찾았다.

"입찰에 나온다는 얘기는 진작 들었어. 용케도 Daniel Funni와 손을 잡았더군."

"아, 뭐. 아무렴 골리앗만 하겠어?"

"하하, 나도 다윗 컨소시엄에 큰 기대를 하고 있어. 한번 잘 해보자고."

수교는 영웅과 굳게 악수를 나누고 돌아섰다.

'흠, 이번엔 우리도 순순히 당하지 않아.'

이번엔 든든한 CM 파트너까지 확보한 터였다. 게다가 향후 항공 수요 증가분을 충분히 고려하여 입찰을 준비한 수교는 다른 경쟁 업체들보다 앞서 나갔다는 자신감으로 입찰에 임했다.

입찰을 받아본 관계자들은 다윗 컨소시엄에서 제시한 제안서를 보고 크게 놀랐다. 자신들이 공고를 낸 이후에 발견한 문제점을 그대로 짚어낸 서류였기 때문이다. 그러나 그동안 입찰 조건을 변경하면서 신뢰를 잃은 측면도 있었고, 또한 외국계 대형 CM 업체들이 국내 업체와 컨소시엄을 구성한 상황이다 보니 정부 차원의 신뢰 문제가 있어, 이번 발주는 효율성을 따지기보다는 일관성 있게 진행하기로 결정했다.

무엇보다도 정부로서는 다윗의 증가분 산정이 정확한지 객관적으로 검증할 수단이 없었다. 다윗의 제안서는 합리적인 것처럼 보였으나, 경험이 많은 업체를 두고 경험이 적은 업체를 선택하는 것도 어려운 일이었다. 정부도 적절한 대안을 내놓기 어려운 상황이었다.

이러한 상황과 맞물려 입찰 결과는 수교의 예상에서 빗나가고 말았다. 입찰은 공고에서 주어진 조건에 충실했던 골리앗 컨소시엄의 승리로 끝났다. Daniel Funni의 담당자가 수교를 위로했지만, 수교의 귀에는 들리지 않았.

"결국 중요한 건 잘못된 공고 내용에 철저하게 맞추는 것이었군요."

씁쓸한 맹 대리의 말이 수교의 귓가에 맴돌았다. 그렇지만 수교는 납득이 가지 않는 부분이 있었다. 환호하는 골리앗 컨소시엄 사람들을 보면서 다른 업체 사람들은 아쉬운 표정으로 돌아섰다.

"성수교, 다윗 컨소시엄도 나쁘지 않았어. 공고 내용에 마음대로 수청을 가한 것만 빼면 말이야. 우리도 이제 다윗

쪽을 신경 써야겠는걸. 하하하."

영웅이 찾아와 악수를 청했지만, 수교는 자신도 모르게 그냥 돌아서고 말았다. 수교의 머릿속에는 어서 교수와 이야기를 나눠봐야겠다는 생각뿐이었다.

테미스 님과의 대화 - messenger

파일(F) 동작(A) 친구(B) 설정(T) 도움말(H)

[수교] 교수님, 이건 잘못된 것 같습니다.
[테미스] 그럼 자네는 기존 조건을 바꾸어서라도 자네 의견을 수렴했어야 한다고 생각하나?
[수교] 기존 조건이 틀렸다면 그렇게 하는 게 옳다고 생각합니다.
[테미스] 그렇지만 자네, 지난번 해운대 입찰 때는 공고 변경에 불만을 품지 않았나?
[수교] 그건 그렇지만……. 이건 다른 문제 같습니다. 중대한 국가적 사업이니만큼, 변경할 필요가 있다면 그렇게 해야지요.
[테미스] 그렇다면 골리앗건설은 나름대로 불만이겠지? 그럴 거면 애초에 공고를 낼 필요도 없었을 테니.
[수교] 그럼……. 제가 틀린 겁니까, 교수님?
[테미스] 아니, 자네 잘못은 아니야. 발주자인 정부가 초기에 계획을 잘했어야지.
[수교] 그럼 발주자가 실수를 했더라도 우린 그냥 당할 수밖에 없는 건가요?
[테미스] 허허, 누가 당했단 말인가? 아직은 모를 일이야. 한 번에 완벽한 계획을 세우는 건 어려운 일이니까. 간혹 발생하는 변경에도 잘~ 준비하는 게 실력 아니겠나?
[수교] 네……. 그럼 어떻게 준비하는 게 좋을까요?
[테미스] 그게 바로 자네의 숙제지. 아, 수교 군. 미안하네. 지금 도 조교가 일거리를 가지고 와서 말이야. 다음에 또 이야기하지! 바이~

보내기

CM(Construction Management)이란?

1. CM의 도입 배경
과거의 건설 프로젝트는 도편수(Master Builder) 한 사람의 책임 아래 이루어졌다. 그러던 것이 19세기 중반부터, 설계를 담당하는 설계자와 시공을 담당하는 건설 사업 관리자로 업무가 분리되기 시작했다. 또 단순 구조에서 복합 구조로의 발전과 함께 건설 프로젝트의 업무가 다수의 전문 분야로 나뉘게 되었다. 이같이 건설 프로젝트가 날로 거대해지고 복잡해짐에 따라 발주자들은 공사 기간 지연 및 예산 초과와 같은 만성적인 문제에 시달리기 시작했다. 바로 이러한 문제점들을 해결하고자 효율적인 건설 프로젝트 관리 방법인 CM이 탄생하게 되었다.

2. CM이란?
건설 사업(Construction Project)의 계획, 설계 단계부터 발주, 시공, 유지 관리 단계에 이르기까지, 업무 전반 또는 일부를 사업주의 대리인(Agency) 및 조정자(Coordinator)가 통합 관리함으로써, 적절한 기한(Schedule)과 예산(Budget) 범위 내에서 발주자에게 고품질의(Quality) 성과물을 인도(Delivery) 하는 서비스이다.

MEMO

- 건설 사업 관리자(Construction Manager): CM 업무를 수행하는 CM 전문 회사 혹은 CM 컨설턴트를 의미하며, Construction Manager의 약어로 CM 또는 CMr이라 한다.

- CM vs. 감리: CM과 감리의 가장 큰 차이점은 업무 수행 범위로, 감리는 시공 단계에 대한 관리 업무만을 담당한다.

3. CM의 종류

CM은 각 건설 주체의 책임을 규정하는 방식에 따라 크게 CM for Fee 계약과 CM at Risk 계약 두 가지로 구분된다. 그 특징은 다음과 같다.

CM for Fee

건설 사업 관리자가 발주자를 대신하여 전문 건설 업자를 관리하는 방식

CM at Risk

발주자가 전문 건설 업자 대신 건설 사업 관리자와 공사 계약을 맺어 관리하는 방식

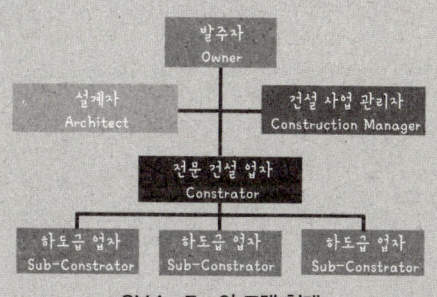

CM for Fee의 모델 형태

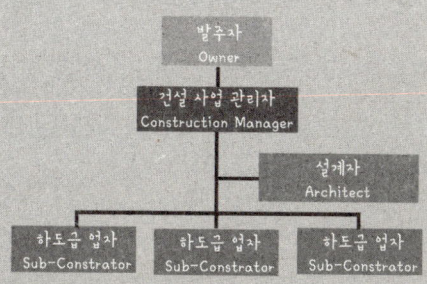

CM at Risk의 모델 형태

4. 참고문헌

- 한미파슨스, CMHub, 〈http://www.hanmiparsons.com/kr/cm〉

재입찰: 테미스

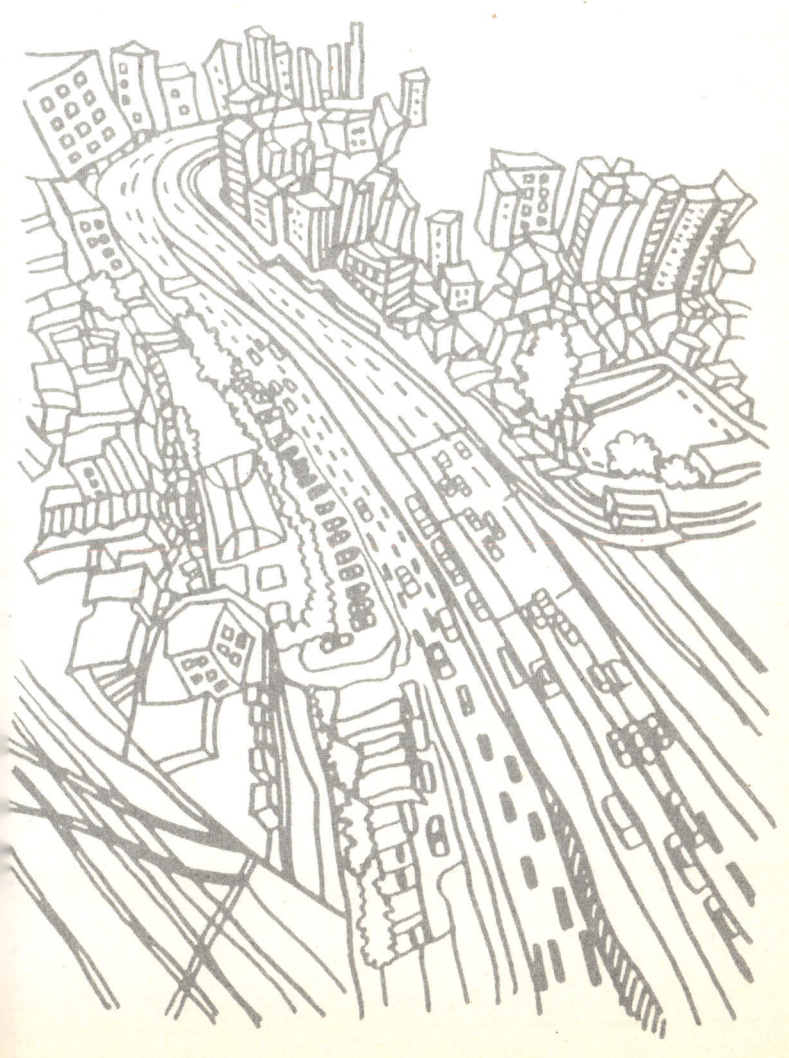

/

"어, 이거 뭐야? 성 대리님, 이거 보셨어요? 성 대리님!"
"뭔데 그래?"
시큰둥하게 앉아 있던 수교는 맹 대리의 호들갑스러운 반응에 못 이겨 되물었다. 인천 국제공항의 입찰이 끝난 이후로 부쩍 시무룩해져 별로 관심이 가는 일도 없었기 때문이다.
"여기 기사들 좀 보세요."
수교는 무심한 눈빛으로 맹 대리가 가리키는 모니터로 시선을 옮겼다.
"뭐? 건설 뉴스야? 그런 거 하루 이틀 보는 것도 아니잖아."

"그게 아니라, 자세히 좀 보시라니까요. 인천 국제공항 관련된 기사들이란 말입니다."

답답하다는 듯 말하는 맹 대리의 입에서 나온 '인천 국제공항'이란 단어가 수교의 호기심을 자극했다. 수교는 모니터를 돌려서 기사 목록을 자세히 들여다보았다.

> 인천 국제공항 수요 예측 빗나가
> 예산 낭비의 실태, 인천 국제공항 건설 현장!
> 예산 낭비 실태에 국민들의 항의 이어져
> 혈세 낭비 논란, 국제공항 문제 뜨거운 감자!

자극적인 헤드라인 밑의 기사들은 국제공항의 수요 예측이 완전히 잘못되어 결국 예산 낭비가 될 것이라는 내용이었다. 이러한 사실이 보도되면서 사회적으로 큰 파장이 일고 있다는 내용도 이어졌다. 혈세를 낭비했다며 청와대 게시판에 항의하는 국민들이 늘어나, 정부에서도 당황하고 있는 상태였다.

"이거 좀 시끄럽겠는데요. 그렇지 않아도 대형 공사인 데다 관심이 집중된 상태여서 예전처럼 그냥 무마하고 넘어가긴 힘들겠는데요?"

"글쎄, 그렇다고 무슨 뾰족한 수가 있는 것도 아니잖아?

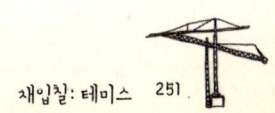

건설사 쪽에 책임을 물을 수도 없고."

"그렇긴 하죠. 애초에 수요 예측 자체가 틀린 거였으니까. 그러니까 그때 우리 쪽 제안서라도 제대로 봐줬으면 이렇게까지 일이 커지진……."

"됐어. 이미 지나간 일을 얘기해서 뭐하겠어?"

"그래도 솔직히 아쉽긴 합니다."

한숨을 내쉬는 맹 대리를 보면서 수교도 어느새 한숨을 따라 쉬고 있었다. 수교 역시 아쉽지 않은 것은 아니었지만, 이제 와서 어쩔 도리가 없는 것도 사실이었다.

'다시 한 번 제대로 기회가 온다면, 그렇다면 절대로 후회하지 않을 만큼 제대로 보여줄 텐데…….'

수교는 아쉬운 마음으로 모니터의 기사들을 읽고 또 읽었다.

"저한테 얘기하지 말라고 하시더니, 솔직히 성 대리님도 아쉬우시죠?"

"아, 아니야. 난 그냥 궁금해서 보는 거야."

"안 아쉽다고 하면서 말은 왜 더듬으세요? 하하."

맹 대리와 수교가 옥신각신하고 있는 사이에 자리를 비웠던 팀장이 다급하게 뛰어 들어왔다.

"지금 이러고 있을 때가 아니야. 빨리 회의실로
들어와서 텔레비전 틀어봐!"

수교는 영문을 모르겠다는 얼굴로 맹 대리를 바라보았다.
맹 대리 역시 수교와 같은 얼굴로 어깨를 으쓱할 뿐이었다.
"빨리 들어오라는 말 안 들려?"
팀장이 다시 한 번 호통을 친 후에야 둘은 회의실로 급히
걸음을 옮겼다.

2

> "'인천 공항 건설기본계획'에 대한 수정 및
> 보완의 필요성을 받아들여, 보다 합리적이고
> 효율적인 방향으로 계획의 수정도 감수할 생
> 각입니다."

텔레비전에는 정신없이 카메라 플래시가 터지는 가운데
익숙한 얼굴이 나오고 있었다. 회의실 안에는 긴장감마저

감돌았다.

"건교부 장관까지 나서다니, 일이 커지긴 커졌군요."

"나도 파장이 이 정도로 확산될 줄은 몰랐어."

"하긴 항공 수요가 급증하고 있다는 것도 충분히 고려하지 않았으니……. 거대 항공사들의 출현과 Hub&Spoke 개념[1]의 도입도 생각하지 않았다는 건 말도 안 되는 일이죠."

"위성 항행 시스템 개발을 위시한 비역적인 항공관제나 정보 통신 기술의 발전으로 인한 항공 산업 여건의 변화도 고려하지 않았구요."

"그럼 앞으로 어떻게 되는 겁니까?"

조용히 뉴스를 보고 있던 수교가 나지막한 목소리로 물었다. 너도 나도 나서서 이번 입찰의 문제점을 지적하던 사람들이 순식간에 입을 다물었다. 건교부 장관의 입장 표명까지 있었으니 앞으로 어떤 식으로든 변화가 있기야 하겠지만, 이미 입찰이 결정된 마당에 어떻게 변화를 준

---

[1] Hub&Spoke 개념
Hub는 바퀴의 축을 뜻하고 Spoke는 바퀴살을 뜻한다. 즉 전국에서 발생하는 물량을 중심항(Hub)에 집결시키고 이를 다시 바퀴살(Spoke)처럼 퍼져 있는 항로로 운송하는 것이다.

단 말인가.

"글쎄, 그거야 지금으로선 명확히 알 수 없지. 하지만 내가 볼 때 이번 건엔 지난 사례들하고 다르게 파격적인 조치가 내려질 가능성도 배제할 수 없어."

"파격적인 가능성이라면……."

"설마 재입찰이라도 이루어질 거란 말씀이신가요?"

성격 급한 맹 대리가 수교의 말꼬리를 자르고 끼어들었다.

"뭐, 그런 가능성도 있다는 거지. 수요 예측이 잘못됐을 경우에는 최대한 빨리 재입찰을 하거나 공사 규모를 수정하는 게 좋아. 공사비 절감과 공항 효율 증대를 통해서 예상보다 더 큰 수익이나 효과를 얻을 수 있을 테니까."

"팀장님, 맞는 말이기는 하지만 지금까지 그런 전례가 없지 않았습니까?"

"이건 그전까지의 공사와는 달라. 게다가 지금처럼 이슈가 된 것도 전례가 없긴 마찬가지 아닌가? 그렇다면 결과는 모를 일이야."

회의실 안에는 정적과 함께 팽팽한 긴장감이 흘렀다. 목이 타는지 침을 꼴깍 넘기는 소리까지 들릴 정도였다.

'만약 그렇다면?'

수교는 갑자기 머릿속이 복잡해졌다. 팀장의 말은 일리가 있었다. 이미 끝났다고 생각했던 일이 다시 한 번 기회가

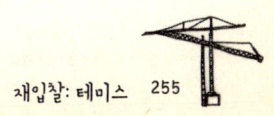

되어 돌아올 수도 있다는 뜻이다.

"재입찰로 갈 수 있는 가능성이 1%라고 하더라도 우리는 거기에 매달려야 해. 그때까지 우리가 손 놓고 기다릴 수는 없지. 당장 할 수 있는 일을 찾아봐."

"정부에서 현재 인천 국제공항의 계획안이 너무 근시안적인 시각에서 추진되었고 수요예측 역시 잘못 되었음을 인정하고 나섰으니, 앞으로 국회, 항공사, 언론이나 연구기관 등 각계로부터 의견을 수용하는 방향으로 가지 않을까요?"

"이 정도로 여론이 악화되어 있으니 아마도 그런 식으로 갈 것 같습니다."

"그렇다면, 우리가 먼저 그쪽과 접촉하여 정보를 수집하고 의견을 반영하는 것이 좋을 거라 생각합니다."

"좋아, 이런 일은 빠르게 대처하는 게 중요해. 다들 바쁘게 움직이자구!"

"네!"

3

"재입찰이다!"

"그게 정말입니까?"

"아마 바로 기사 올라올 거야. 확인해봐."

맹 대리와 함께 정보를 수집 중이던 수교는 갑작스러운 팀장의 전화에 서둘러 사무실로 돌아왔다. 인터넷으로 확인해보니 온통 인천 국제공항의 재입찰에 관한 뉴스로 떠들썩했다.

'아, 나에게 다시 이런 기회가 오다니!'

한편으로 부담이 느껴지지 않는 것은 아니었지만, 꿈에도 생각하지 못했던 기회가 왔음에 수교는 더욱 감격하고 있었다. 팀장의 지시에 따라 재입찰 준비를 진행하고 있긴 했지만, 수교 자신도 확신할 수 없었던 일이 실제로 일어난 것이다.

"성 대리, 이번 기회가 얼마나 중요한지 알고 있지?"

"네, 둘도 없는 기회라는 것, 잘 알고 있습니다."

"그래, 특히 언론에서 언급한 터미널 통로 부근은 공항 수요가 증가함에 따라 설계부터 전면 수정되어야 할 부분이야. 우리에게 정말 하늘이 준 기회라고 할 수 있지.

이 기회를 잘 살려보자구. 요번에 확실히 해서 보너스 좀 두둑이 받아야지!"
"네!"

수교는 자리로 돌아와 곰곰이 생각에 잠겼다. 갑작스러운 결과에 대한 흥분은 가라앉히고 이제 냉정하게 앞으로의 계획을 되새겨야 할 시간이었다.
'어떻게 주어진 기회인데. 이 기회를 그대로 흘려보낼 순 없지.'
수교는 일단 지난 입찰의 기획안을 꺼내어 검토하기 시작했다. 특히 향후 수요 증가분을 고려하였던 부분을 집중적으로 살펴보았다. 수교는 자신이 틀리지 않았다는 자신감을 가지게 되었다.
"성 대리님, 그건 지난번 입찰 자료 아닙니까?"
"맞아."
"그건 지금 왜……. 이번에 재입찰하는 건 이전보다 확장된 부분이잖아요?"
"그렇긴 하지만, 여기서 우리가 참고할 부분이 많을 것 같아서 말이야."
"에휴……. 그때 우리가 냈던 기획안을 제대로 봐주기만 했어도 이런 일은 없었을 텐데. 하지만 이제 와서 우리가

258 테미스

그때 그랬다고 해도 누가 알아주는 것도 아니고……."

맹 대리의 푸념 섞인 이야기를 듣던 수교는 무릎을 탁 치며 일어섰다.

"바로 그거야! 우리가 그런 기획안을 냈었다는 걸 적극적으로 알리는 거야."

"네? 갑자기 그게 무슨……."

"지금 여기에 관심이 집중되어 있잖아. 지난 입찰에 제시했던 향후 수요 증가분에 대한 자료를 언론에 보내는 거지. 그렇다면 우리 쪽에 관심을 가지는 사람들이 더 많아질 테고. 아마 꽤 큰 홍보 효과가 있을 거야."

"하지만 관례상 그런 건 공개를 안하는 게……."

"지금 관례고 뭐고 따지게 생겼어? 우리가 수주하게 되면 앞으로 5년 동안은 정부 공사 수주 걱정이 없는 건데."

"아무리 그래도 일단 회사 상부의 허락은 받아야 되지 않을까요?"

"아, 참 답답하게 구네. 그런 거 하나하나 따지면 언제 일할래? 너는 자료 정리해서 신문사로 보내고, 기자한테 특종을 주는 것처럼 말하란 말이야. 우리 예측이 맞았다고 좋아서 그러는 게 아니라, 애초에 우리가 고려했던 사항들을 발주처에서도 고려했으면 좋지 않았겠느냐 하는 것처럼."

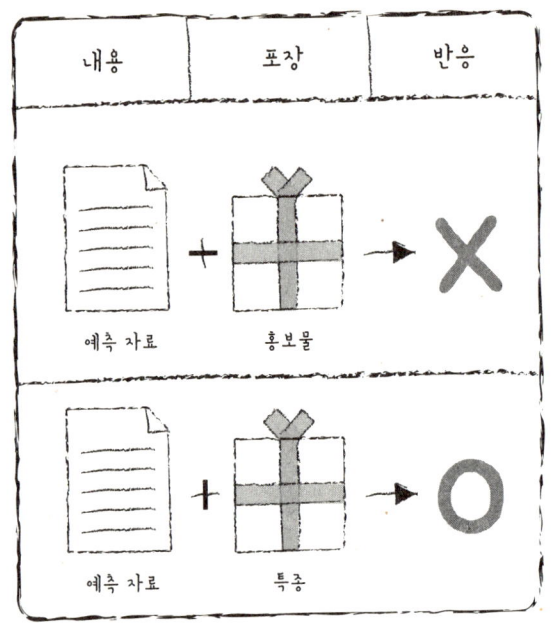

"그렇군요! 그럼 제가 바로 자료 정리해서 보내겠습니다."

얼굴이 밝아진 맹 대리는 얼른 자리로 돌아가서 바로 작업에 들어갔다. 수교는 자신감이 차오르는 것을 느꼈다.

'이번에야말로 실패하지 않도록 최선을 다하겠어!'

4

"저, 나 팀장님……"

"무슨 일인가요?"

원래도 차가운 느낌을 주는 영웅이지만, 인천 국제공항의 재입찰 발표 이후에는 한층 더 날카로워져 있었다.

"저……. 이거 오늘 기사인데 이사님께서 가져다 드리라고……"

"거기 두고 나가서 일 보세요."

"아, 네."

부하 사원은 살았다는 듯 얼른 기사만을 책상에 두고 영웅의 방을 빠져나갔다. 영웅은 그의 뒷모습은 안중에도 없이 시선을 바로 책상 위의 기사로 가져갔다.

> "인천 공항,
> 정부보다 중견 건설업체가
> 더 정확하게 예측해 화제!"

굵은 헤드라인만 보아도 어떤 기사인지 알 것 같았다. 영웅도 이미 오전에 인터넷을 통해 확인한 다윗개발의 기사였던 것이다.

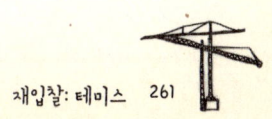

'제길, 어떻게 일이 이 지경이 될 수 있는 거야?'

설마 했던 재입찰이 결정된 이후 영웅을 비롯한 골리앗 건설 사람들은 한동안 충격에서 벗어나지 못했다. 영웅의 입장에서는 이미 낙찰이 결정된 골리앗 컨소시엄에게 공사를 주지 않고 재입찰을 한다는 결정 자체가 마음에 들지 않는 것이 당연했다.

'어떻게 따낸 공사인데, 그걸 다시 하라고?'

답답한 마음을 주체할 수 없었던 영웅은 재입찰 결정 이후 며칠을 술을 마시며 보냈다. 부산에서 수교의 말을 듣고 떠올렸던 교수를 찾아가볼까 하는 생각도 잠깐 했었지만 그의 자존심이 허락하지 않았다. 회사 차원에서도 백방으로 알아보며 어떻게든 넘어가보려고 했지만, 워낙 중요한 공사이고 여론이 집중된 사안인 만큼 그동안의 로비도 소용이 없었다. 많은 입찰에서 골리앗의 손을 들어주었던 주요 인사들도 이번만은 어쩔 수 없다며 곤란한 표정을 지었다.

괴로운 마음은 조금도 해소되지 않았지만, 결국 영웅은 현실을 인정하는 수밖에 없었다. 사실 어쩔 수 없다는 것을 그 역시 알고 있었다. 기존 입찰 공고와 비교하여 규모가 몇 배로 확장되었는데도 기존의 입찰 결과에만 의지할 수는 없는 노릇이었다. 게다가 보통 규모가 아닌 초대형 공사의 예측이 잘못되었음을 알면서도 계속 진행하여 시간과 자원을 낭비할 수는 없었다.

이제 영웅이 할 수 있는 일은 기존 입찰 결과의 프리미엄을 최대한 살려서 재입찰에서도 공사를 따내는 것뿐이었다.

'그래, 지난번 입찰도 문제없이 따냈잖아? 이번에도 그런 식으로 하면 되는 거야. 잠깐 혼란을 거치긴 했지만, 결국 그렇게 되면 달라지는 건 아무 것도 없어.'

영웅은 애써 마음을 다잡았다. 그러나 아무래도 다윗개발의 발 빠른 움직임이 마음에 걸렸다.

'도대체 다윗은 언제 이렇게 준비를 한 거야? 인력도 자본도 우리랑 비교가 안 될 텐데……. 아니지, 내가 지금 다윗 따위 신경 쓰고 있을 때가 아니야.'

영웅은 다윗개발은 적수가 아니라고 생각했고, 다른 대기업들은 자신들에 비해 나은 조건이 없다고 믿었다. 자신은 이미 한번 입찰을 따내지 않았던가. 영웅은 갑자기 자신감이 생기는 것을 느꼈다. 책상 위의 다윗개발 기사를 집어든 영웅은 종이를 구겨 휴지통에 던져 넣었다.

5

"교수님!"

"오, 수교 군. 오랜만일세. 오늘은 어쩐 일인가?"

"자주 찾아뵙질 못해서 죄송합니다. 사실은 지난주에 한 번 왔었는데, 제가 좀 늦게 왔는지 교수님께서 이미 퇴근하신 것 같았습니다."

"그래? 지난주에 그렇게 일찍 퇴근한 적이 없는데……. 아, 우리 연구실 학생들과 산에 갔던 날이었나 보군. 본의 아니게 자네를 바람맞혔군 그래."

"아닙니다. 그런데 여전히 산행을 좋아하시는군요?"

"그렇지 뭐. 지난번 지리산 기억하지? 그때 지리산 다녀온 이후로 우리 학생들 체력이 아주 좋아졌어. 지리산에 비하면 관악산은 식은 죽 먹기라나? 관악산을 깽깽이로 올라가네, 흐흐흐."

"네, 저도 지리산에 다녀오길 참 잘했다는 생각이 듭니다." 수교는 지리산에서 보았던 교수의 새로운 모습과 더불어 다친 도희를 부축해서 함께 내려왔던 기억이 떠올라 저도 모르게 웃음이 나왔다.

"아무튼 저는 졸업한 후에도 교수님께 너무 많은 걸 배우고 있습니다."

"그게 무슨 소린가. 나야말로 자네 같은 제자들이 졸업한 후에도 찾아와주니 반갑지."

"사실은, 오늘도 가르침을 좀 받으려고 왔습니다. 이번 인천 국제공항 재입찰에 대해서요."

"아, 참, 내가 그 기사를 보고 자네에게 연락을 한번 한다는 걸. 언론에서 다윗에 대해 아주 찬사 일색이더군."

"아, 아닙니다. 부끄럽습니다."

"아니야. 나도 자네가 억울하게 생각했던 부분에 대해 이렇게 다시 기회가 주어진 것을 축하해주고 싶었네."

"감사합니다. 여론이 호의적인 반응을 보인 건 분명하지만, 그렇다고 재입찰이 녹록한 것은 아닙니다."

"물론 그럴 테지. 이번에 공사비도 대규모로 확장되었다고 하던데?"

"네. 맞습니다. 역시 정부 측에서는 항공 수요 증가분에 대해 충분히 반영하지 않았던 것 같습니다. 결국 계획이 변경되면서 규모와 기능도 증대되어 증액을 피할 수 없게 되었습니다."

그동안 정보 수집에 충실했던 수교는 인천 국제공항에 대한 이야기를 거침없이 늘어놓았다. 자신감 넘치는 수교의 이야기에 교수는 흐뭇한 미소를 띠고 가끔 고개를 끄덕여주었다.

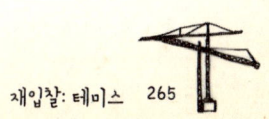

"됐네."

"네? 갑자기 무슨……."
"그런 자세라면 무슨 일인들 못 하겠나? 이번에는 아주 좋은 예감이 드는군. 내가 해줄 말이라곤 지금 그대로 끝까지 후회 없이 하라는 것뿐이네."
"교수님……."
"이번 건이 잘 마무리되면 다음 정기 산행을 같이 가자구. 자네가 막걸리 한잔 사야지……."

6

"사업비 증액 관련해서 새로 예산 뽑아 뒀습니까?"
"예? 아, 아직……."
"무슨 일 처리를 그런 식으로 합니까? 지금 우리가 그렇게 여유 있는 상황입니까? 아니란 걸 잘 알지 않습니까?"
요즘 들어 더욱 날카로운 영웅의 한마디 한마디에 부하 사원은 식은땀이 나는 것을 느꼈다.
"내일까지는 반드시……."

"내일이요? 사업비 증가 요인에 대해선 파악이 끝나신 겁니까?"

"네? 그, 그게……."

"아직까지 그것도 안 되어 있단 말입니까? 됐습니다. 나가보십시오."

"하지만, 제가 내일까진 반드시 올리도록……."

"됐습니다. 그건 제가 처리하도록 하죠. 나가보십시오."

결국 꿀 먹은 벙어리가 된 부하 사원은 영웅의 방을 나왔다.

"아니, 안색이 왜……. 팀장님한테 한 소리 들으셨죠?"

"아, 그렇지 뭐."

"또 뭐라시는데요?"

"아냐……. 내가 일처리를 잘못해서 그렇지 뭐. 그냥 팀장님이 하시겠다네."

"에이, 전 또 뭐라고. 그거라면 팀장님 특기잖아요. 그냥 신경 쓰지 마세요."

"그거야 그렇지만."

사실 영웅이 다른 팀원들의 일 처리를 못 미더워하고 모든 일을 떠맡으려는 것은 하루 이틀 일이 아니었다. 처음에는 그런 영웅의 태도에 놀라고 당황하던 팀원들도 이제는 별로 놀라지 않았다.

"나 팀장님도 집에 들어가긴 할까요?"

"집에 들어가는 건 둘째 치고 잠이라는 걸 자긴 하는지 그게 궁금하다니까."

팀원들 사이에서는 이런 대화가 오가곤 했다. 그러나 처음에는 수군대던 사람들도 차차 관심을 잃어갔다. 영웅이 일을 도맡아 혼자 해내는 것에 익숙해진 것이다. 그렇다고 나서서 영웅을 도우려는 사람도 없었다. 무엇보다 영웅이 원치 않았기 때문이다.

"신경 쓰지 말고 그냥 퇴근하세요. 팀장님이 알아서 해주시면 저희야 편하죠 뭐. 어차피 저희가 해간다고 해서 마음에 들어할 분도 아니시고."

"그런데……. 그럴 거면 팀원이 딱히 필요하지도 않잖아. 나도 회사에 단순히 자료 정리나 하고 복사나 하려고 들어온 건 아닌데 말이지."

"어차피 독불장군 스타일이잖아요. 솔직히 저 성격에 회사 생활하는 거 보면 신기하다니까요. 하긴 공사도 많이 따내고 성공 사례가 워낙 많으니까요."

"뭐, 일 처리에서 실수하는 건 없으니까. 그런데 그런 것들도 다 나 팀장님 혼자 한 일이지 결국 내가 한 건 아무것도 없는 것 같아서 말야. 같은 팀이라고 해도 좀 쓸쓸하네."

"어쩔 수 없잖아요. 나 팀장님은 본인이 A부터 Z까지 책임지는 걸 원하시니까. 저희야 계획이 어떻게 돌아가는지도 모르고 그저 시키시는 대로 할 뿐이죠. 대기업 들어와서 서류 정리랑 자료 수집만 하고 있으니……. 이건 고등학생들 다섯 달만 가르쳐도 할 수 있는 건데. 휴……."

부하 사원은 안타까운 마음이 들어 방금 전에 나온 영웅의 방문을 물끄러미 바라보았다. 처음 입사했을 때만 해도 영웅은 자신에게 동경의 대상이었다. 자신과 얼마 차이가 나지 않는 나이임에도 영웅은 성공 가도를 달리고 있었다. 그가 나서기만 하면 입찰에 실패한 적이 없었다. 초고속 승진을 거듭하는 영웅을 바라보며 자신도 꿈을 키워나갔다. 그리고 드디어 자신의 능력을 인정받아 영웅의 프로젝트 팀에 합류하게 되어 얼마나 좋아했던가. 그런데 막상 영웅과 함께 팀을 꾸려가다 보니 생각이 변하게 되었다.

'성공하는 것도 좋지만……. 어쩐지 요즘은 나 팀장님이 좀 안쓰러워 보이네. 나는 저렇게 되고 싶진 않다.'

ㄱ

수교는 물가 인상, 물량 변동, 신규 사업 추가 등 사업비 증가 요인을 반영하여 새로운 예산안을 작성하였다. 특히 인천 국제공항은 그 특성상 기본 계획에 따라 최초 사업비를 잠정 확정한 다음 단계적으로 실시 설계 결과에 따라 사업비를 현실화하고 있었으므로, 이 부분이 전체 증가 사업비의 대부분을 차지하고 있었다.

다윗개발은 새롭게 작성한 예산안을 가지고 CM 파트너인 Daniel Funni와 협의에 들어갔다. Daniel Funni 역시 최근 동향을 유심히 지켜보고 있었던 터라, 기존 입찰 프리미엄으로 골리앗건설에게 보장된 일부 공사들이 아쉽긴 하지만 수주를 자신하고 있었다. 또한 최근의 우호적인 여론 덕분에 자신들 회사의 이미지도 덩달아 제고되었다며 다윗개발 측에 감사를 표시하기도 했다. 그리하여 Daniel Funni에서는 수교를 비롯한 다윗개발의 팀원들에게 절대적인 신뢰를 보내며 협의에도 긍정적인 태도를 보여주었다. Daniel Funni 역시 재입찰이 얼마나 이례적인 결정인지 알고 있었기 때문이다.

'자, 이제 남은 건 입찰뿐이다!'

입찰장 안에 들어선 수교는 다시 한 번 오늘 발표할 프레젠테이션 내용을 점검했다. 자신들이 예측했던 증가분에 대한 내용을 중심으로 확장된 공사의 진행 계획을 상세하게 검토해 보았다.

"성 대리님, 오늘 입찰에는 건교부 장관도 참여한다는데 사실인가요?"

"그럴 거라는 얘기가 있기 한데……. 확실하진 않아. 지금 이 입찰 건이 워낙 뜨거운 감자라서 그럴 거 같긴 해. 만약 그렇다면 장관의 영향력이 크게 작용하겠지?"

"그렇다면……. 아무래도 우리 쪽에 불리한 거 아닐까요? 원래 정부 쪽 사람들은 대기업을 선호하는 경향이 있잖아요."

"뭐……. 아무래도 그런 경향이 좀 있긴 하지만, 그래도 일단 해봐야 알 일이지 뭐. 우리도 최선을 다했잖아. 너무 걱정하지 말라구."

맹 대리에게는 그렇게 말했지만, 수교도 걱정이 되지 않는 것은 아니었다. 지금까지 정부 쪽이 발주자인 공사는 대부분 대기업들에게 돌아가곤 했었기 때문이다. 건교부 장관이 참석한다고 해서 다윗 쪽에 유리한 점은 별로 없을 것 같았다.

> "지금부터 인천 국제공항 확장 공사에 따른 입찰을 시작하겠습니다. 참여 업체들은 모두 자리를 정돈해주시기 바랍니다."

수교는 떨리는 마음을 진정시키고 프레젠테이션 준비를 마쳤다. 하얀 스크린을 뒤로 하고 선 수교의 맞은편에는 텔레비전에서 보았던 건교부 장관이 앉아 있었다.

'정말 참석했구나.'

예상하고 있던 일이지만, 그래도 떨리긴 마찬가지였다. 그러나 수교는 지난번과 같은 이유로 탈락하지 않으리라는 생각에 자신이 있었다.

"저희 다윗 컨소시엄은 다윗개발과 Daniel Funni와의……"

수교는 프레젠테이션을 마치고 나왔다. 다른 업체들의 프레젠테이션이 끝나고 결과가 나오기까지는 꽤 오랜 시간이 남아있었다. 숨 막히는 긴장감을 달래보고자 좁은 실내를 빙빙 돌아보았지만, 도무지 안정이 되지 않았다. 프레젠테이션을 진행하던 순간보다 오히려 결과를 기다리는 지금이 더욱 떨렸다.

'지금 영웅이는 무슨 생각을 하고 있을까?'

수교는 입구에서 잠시 얼굴을 보았던 영웅이 갑자기 생각났다. 지난번 입찰 때보다 몰라보게 핼쑥해진 모습이었다. 문득 수교는 지금 옆에 영웅이 함께 있다면 좀 더 나을 지도 모르겠다는 생각이 들었다. 같은 일을 하고 있는 영웅이라면 지금 자신의 기분을 100% 이해해줄 수 있을 테니까. 어떤 면에서 영웅은 서로를 가장 잘 이해해줄 수 있는 동료이기도 했다.
'하지만 입찰을 앞둔 지금, 우리는 분명한 라이벌이야.'

"성 대리님!"

생각에 잠겨 있던 수교는 방 안이 떠나가라 큰 소리로 자신을 부르는 입사 동기 맹 대리를 보았다. 그의 눈시울이 젖어 있었다.
'아, 이번에도 잘 안됐구나.'
수교는 씁쓸한 마음이 들었지만, 고생한 동료를 달래주어야겠다는 생각이 먼저 들었다.
"뭐, 입찰에서 탈락하는 게 하루 이틀 일도 아닌데 뭘 그래? 괜찮아. 그만큼 했으면 됐지 뭐."

"성 대리님!"

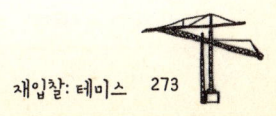

"그래, 괜찮다니까. 어디 가서 소주나 한잔하지 뭐. 그리고 털어버리자구."

"됐어요!"

"뭐?"
수교는 무슨 소리인가 싶어 맹 대리를 바라보았다. 맹 대리는 이제 눈물이 그렁그렁한 눈으로 수교를 바라보고 있었다.

"우리가 해냈어요! 해냈다구요!"

"그, 그게 정말이야?"
수교는 갑자기 아득해짐을 느꼈다. 기뻐하는 팀원들을 바라보면서도 현실처럼 느껴지지가 않았다. 드디어 다윗 컨소시엄이 입찰에 성공한 것이다. 그 순간 수교는 며칠 전 교수와 나눴던 대화의 한 부분이 떠올랐다.

"수교 군, 자네 짧은 시간에 이렇게 많은 걸 배워도 괜찮나?"

"네? 그게 무슨 말씀이세요?"

"자네는 못 느끼겠지만 최근 얼마 동안 일어난 갑작스런 사건들로 인해 자네는 많은 것을 깨우쳤어. 실패의 절벽으로 떨어지며 경쟁의 장을 만들어주어야 한다는 것을 배웠고, 일의 앞뒤 상황을 고려해서 그때그때 최선의 선택을 해야 한다는 'NSPS'의 원칙도 몸으로 배웠지? 게다가 얼마 전에는 정부가 사업을 하려면 명확하게 규모를 설정해야 한다는 대답까지 했으니 이제 하산해도 되겠네, 허허."

"다 교수님 덕분입니다."

"그래, 다 내 덕분인 건 나도 아네, 흐흐흐. 그런데 공익성 대 수익성, 효율성 대 투명성 등의 이야기를 할 때 가장 강조되는 키워드 하나가 뭔 줄 아나?"

"음……. 글쎄요, 다 중요하게 느껴져서……."

"테미스![12] 물론 다른 중요한 요소들도 많지만, 그것들을 '균형'있게 조절해 가면서 해답을 찾아가는 것이 무엇보다도 중요하거든. 우리 삶에서와 마찬가지로 발주 체계에서

---

12 테미스

그리스 신화에서 법과 정의를 관장하는 여신의 이름이다. 그리스어로는 질서와 율법을 뜻한다. 양손에 각각 저울과 칼을 들고 두 눈을 가린 모습으로 묘사된다. 저울은 공정하게 법을 집행함을 상징하고, 칼은 단호하게 불의를 적결함을 상징한다. 그리고 두 눈을 가린 것은 겉으로 드러난 모습에 좌우되지 않고 치우침 없이 심판에 임함을 상징한다.

도 '균형감'은 아무리 강조해도 지나치지 않네."

"네, 명심하겠습니다!"

"뭐 하나? 하산 안 하고."

Over the Limit

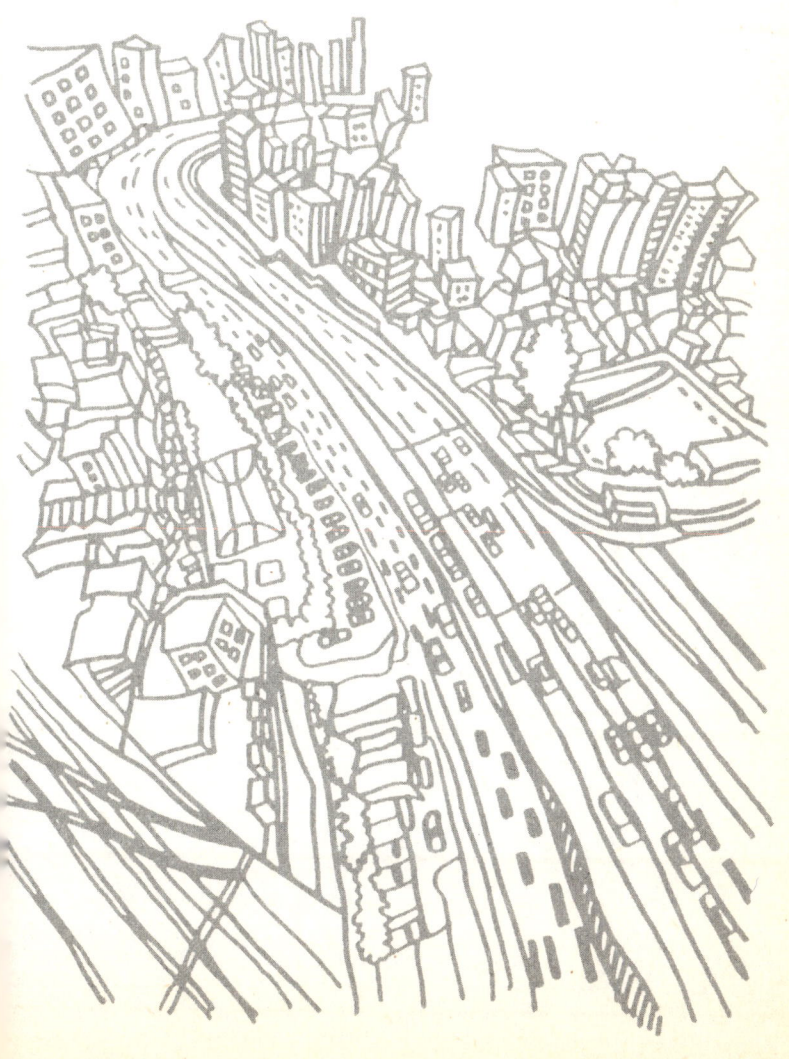

/

"수고했네. 자 이걸로 팀원들이랑 모처럼 회식이라도 하라고. 허허허."
"감사합니다."
직접 호출을 받고 사장실에 들어간 수교는 가벼운 발걸음으로 사무실에 돌아왔다.
"팀장님~ 오늘은 회식하죠. 사장님으로부터 직접 회식비를 받았습니다!"
"그래? 이거 오랜만에 포식 좀 하겠는데?"
"성 대리님 덕분에 호강하겠는데요? 하하."
"무슨~ 저는 우리 팀원들이 없었으면 아무 것도 못했을 겁니다. 팀장님을 비롯한 모든 팀원들에게 진심으로 감사드립니다!"

열정적인 수교와 함께 일을 하다 보면 어느새 자신도 열중하게 된다며, 모든 팀원들이 수교에게 칭찬을 아끼지 않았다. 수교 자신이 사람 사이의 관계를 중요하게 생각하는 만큼 주변에도 수교의 일이라면 발 벗고 나서는 인물들이 많았다.

지금까지 많은 입찰에 참여했지만 이번 인천 국제공항 건만큼 그 규모에서 상상을 초월하는 프로젝트는 없었다. 게다가 재입찰이라는 험난한 과정을 거쳐 이루어낸 결과인 만큼 수교는 남다른 기분이 들었다. 새삼 뿌듯함을 느끼는 이 순간, 가장 생각나는 사람은 바로 도희였다.

'지금 도희는 뭘 하고 있을까? 내가 재입찰을 따낸 건 알고 있으려나?'

"성 대리님, 무슨 생각을 그렇게 하십니까? 오늘 메뉴 걱정하십니까? 그런 건 제가 다 알아서 모실 테니 걱정 마십시오~"

"하하, 알았어. 제일 중요한 메뉴 선택은 맹 대리에게 넘겨주고, 나는 국제공항 시공 계획에 매진할게."
"아, 안 그래도 인천 국제공항 시공 건으로 바로 회의 시작한답니다. 아무튼 쉴 틈이 없다니까요."
"놀면 뭐해~ 얼른 시작하자고. 어떻게 얻어낸 기회인데, 시공 계획에 집중해야지!"

2

다윗의 현장 소장은 쌀쌀한 겨울바람이 파도와 같이 밀려오는 월미도 선착장에 내렸다. 거기서 주민과 함께 섞여 조그마한 여객선에 몸을 싣고 항해한지 10분 만에 말로만 듣던 영종도에 도착하였다. 소장은 도착하자마자 섬 유일의 관통 도로인 폭 좁고 구불구불한 길을 보고 한숨부터 나왔다.
'앞으로 이 좁은 도로를 사용해서 공사를 해야 하다니. 이것 참 난감하군. 이런 도로만을 이용해서 4년 안에 완공을 해낼 수 있을까?'
지프차를 타고 험한 길로 약 20여 분을 달려 도착한 곳에서, 소장의 눈에 들어온 것은 초록빛이라고는 찾아볼 수 없는 누런 벌판과 구불구불한 가설 도로였다. 벌써 몇 몇 공구는 공사를 시작하고 있었다. 활주로 노반 공사에 사용되는 동다짐 장비가 땅을 내리치는 소리가 소장의 마음속 깊은 곳마저 쿵쿵 울리고 있었다.

"우리 숙소는 어딘가? 대충 한 바퀴 둘러봤으니 오늘은 푹 쉬고 내일부터 일하세. 아, 그리고 다시 한 번 읽어보고 싶으니 제반 서류들 좀 가져다주게."

"네. 소장님 숙소는 저쪽입니다."

그날 저녁 소장은 터미널 및 터미널 진입도로 도면을 다시 한 번 살펴보았다. 역시 보는 이를 압도할 만한 규모였다. 소장 역시 공사 경험이 많은 베테랑이었지만, 단일 건물 규모가 이렇게 커다란 구조물을 대하니 압도당하지 않을 수 없었다. 그나마 소장에게 위안을 준 것은 건물을 여러 부분으로 나눈다는 것과 건물 높이가 38미터밖에 안 된다는 사실이었다.

다음 날 회의에서 나온 안건은 가설 공사에 대한 것이었다. 찬 바람이 휙휙 불고, 눈보라가 몰아치는 섬 한복판에서 본 공사를 기획하는 데 있어 제일 중요한 것이 바로 가설 공사 계획[13]이다.

---

13 가설 공사 계획
가설 공사란 해당 공사의 완성을 위한 임시 설비로, 공사가 완료되면 철거한다. 공사 전반에 영향을 미치므로 초기 단계에 철저한 계획이 요구된다. 가설 건축물의 계획, 반입 재료의 적치공간에 대한 계획, 비계 및 양중 설비 계획 등이 이에 해당한다.

"손 과장. 가설 계획에 대해 생각이 어떤지 말 좀 해보게."
"중요한 것은 양중 계획입니다. 이거 머, 건물 규모가 크다 보니 철골 부재 자체의 단위 중량도 엄청납니다."
다른 직원들도 양중에 대해 말을 하였다.
"각 부재의 중량 계산에서부터 부재 반입 계획, 동원 계획, 적재 계획 등을 통합적으로 고려해야 합니다."
고민한 끝에 양중 계획이 나왔다. 30톤 타워 크레인 2대를 이용하기로 했는데, 이는 북아프리카 리비아에서 사용해본 경험이 있는 레일링 타워 크레인이었다. 일반적으로 크레인이라 하면 많은 사람들이 한곳에 박혀 있는 고정식 타워 크레인을 연상한다. 자재를 들고서 기차같이 움직이는 타워 크레인을 접한 사람은 드물 것이다.

과연 소장의 선택은 탁월했다. 작업을 시작하자 다른 파트를 맡은 직원들마저도 신기해하며 구경을 올 정도였다. 소장은 계획된 대로 착오 없이 필요한 위치마다 자재를 내려놓는 타워 크레인을 볼 때마다 마음 한구석이 뿌듯힘을 느꼈다.
'그래. 이 맛으로 노가다 하는 거지!'

3

"성 대리, 그럼 오늘은 바로 현장으로 가는 건가?"
"네, 팀장님. 현장 진행 상황을 제대로 파악해야 하니까요."
"음, 이미 토목공사를 시작했겠군. 참, 거기 아주 경력이 많은 베테랑 소장님이 계시니 제대로 인사드리고 오라고."
"네, 알겠습니다!"
갯벌을 매립하여 터를 마련해야 하기 때문에 영종도 현장에는 대규모의 토목공사가 필요했다. 따라서 전체 공사 기간을 단축하기 위해서는 하루라도 빨리 토목공사를 시작해야 했다. 그 중요성을 알고 있는 수교는 직접 현장을 돌아보기 위해 영종도로 걸음을 옮긴 것이다.

'저 갯벌이 이제 공항으로
바뀌겠구나.'

차창 밖의 갯벌을 바라보던 수교는 머릿속으로 완성된 인천 국제공항을 그려보았다. 상상만으로도 가슴이 벅차올랐다. 수교는 지체 없이 공사 현장으로 들어갔다. 그런데 쉴 새 없이 공사가 진행되어도 모자랄 현장이 의외로 조용했다. 공사장 근처의 인부들이 모여서 담배를 피우며

잡담을 나누는 모습이 눈에 들어 왔다. 수교는 불길한 예감이 들어 현장 사무소를 찾았다.

"소장님, 어떻게 된 겁니까?"

다급하게 들어서는 수교를 보며 놀란 표정의 소장이 엉거주춤 자리에서 일어났다.

"아니, 본사에서 갑자기 어쩐 일이십니까?"

"어째서 토목공사가 진행되지 않고 있는 겁니까?"

"그게……"

"어서 말씀해보세요!"

소장은 머뭇거리다가 차라리 잘되었다는 듯 이야기를 줄줄 털어놓았다.

"공항 건설은 수많은 이용객과 비행기의 하중까지 고려해야 하기 때문에 강력한 지반의 지지가 필요합니다."

"그런데요?"

"보통 이런 경우 지지말뚝[14]으로 지반을 보강합니다. 그런데 아시다시피 여긴 갯벌입니다. 갯벌의 깊이가 어느 정도일지 모르는 상황에서 지지말뚝으로 곧장 시작할 수는 없다는 겁니다. 삼풍도 지난 자동차 공장 공사 때……"

"그 얘기라면 저도 알고 있습니다."

---

14 지지말뚝(Bearing Pile)
말뚝의 끝이 연약한 지반을 지나 견고한 지반에 도달하여, 기둥과 같은 구실을 하는 말뚝이다.

수교는 눈앞이 캄캄해지는 것을 느꼈다. 삼풍산업개발이 지지말뚝으로 시공하다 갯벌에 수많은 돈을 쏟아부어 막대한 손해를 입었다는 것은 이 바닥에서 유명한 이야기였다. 그렇다고 이렇게 손을 놓고 계속 고민하고 있을 수만은 없었다.

"그럼, 소장님 어떻게 하죠?"

"지금은 결단을 내려야 할 때입니다. 모든 공사에서 행하는 일정 수준의 토질 탐사를 말하는 것이 아닙니다. 우리 공사의 경우 고가의 장비를 동원해서라도 지지말뚝의 성공 여부를 알아보고 시작하는 것이 안전합니다."

소장은 먼저 기술적 대안을 내놓고, 주저하며 천천히 말을 이었다.

"하지만 만약 검사 결과가 좋지 않으면……."

"그럼 마찰말뚝[15]으로 공법을 변경해야 하겠군요. 괜찮습니다, 소장님. 만약 그렇다고 하더라도 그편이 장기적으로는 회사 측에도 이익입니다. 탐사 비용 문제는 전혀 생각할 필요 없습니다. 제가 책임질 테니 걱정 말고 진행하도록 하시죠. 문제가 발생한다면 제가 모든 책임을 지겠습니다."

---

15 마찰말뚝(Friction Pile)
끝이 견고한 지지지반(支持地盤)까지 도달하지 않고 주위 지반과의 마찰력에 의해서 위로부터의 하중을 지탱하는 말뚝이다.

수교는 소장에게 토질 탐사 문제를 일임하고 다시 서울로 돌아왔다. 그러나 검사가 진행되고 결과가 나오기까지 수교는 다른 일에 집중할 수가 없었다. 수교뿐만 아니라 다윗개발의 모든 관심이 검사 결과에 집중되어 있었다.

"검사 결과가 나왔습니다."

"어떻게 됐습니까?"

"다행스럽게도 지지말뚝이 경제성이 있을 정도의 깊이입니다. 이제 바로 토목공사를 진행할 수 있습니다!"

"다행이군요! 그럼 바로 공사 착수해주십시오."

"걱정 마십시오. 허허허."

"네, 제가 조만간 다시 현장에 찾아가겠습니다."

소장의 전화를 받은 수교는 그제야 안심이 되었다. 이제 공사는 시작될 것이다.

4

"그럼 공사는 순조롭게 진행되고 있는 겁니까?"

"네, 뭐……. 허허허."

또다시 애매하게 말끝을 흐리는 소장의 태도에서 수교는 이상한 기운을 감지했다. 현장 사무소로 오기 전에 공사 현장을 직접 둘러보았으나 공사에는 별다른 문제가 없어 보였다. 그런데 정작 소장의 태도에는 뭔가 시원치 않은 구석이 있었다. 수교는 설마 하는 마음으로 소장에게 물어보았다.

"혹시 무슨 문제라도……."

그런데 그 순간 갑자기 현장 인부 한 사람이 숨을 헐떡이며 현장 사무소로 뛰어왔다.

"소장님, 큰일입니다!"

"무슨 일인가?"

"지역 주민들이 또 공사 현장으로 들어와서 난동을 부리고 있습니다."

"뭐? 이런 또……."

"또? 이게 어떻게 된 겁니까? 도대체 무슨 이유로 주민들이 그렇게 과격한 행동을 한다는 겁니까?"

"아, 뭐……. 공사를 진행하다 보면 여러 가지 문제들이 생기기 마련이지요. 그렇지만 별일 아닙니다. 곧 해결될 겁니다."

소장은 수교의 눈치를 보며 자세한 설명을 피하고자 하였다.

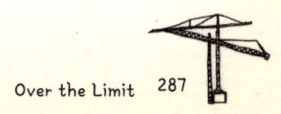

"소장님, 저는 이 공사의 본사 책임자입니다. 제가 모르는 문제란 있을 수 없습니다."

"이건 뭐, 문제라고 할 것도 아닙니다. 신경 쓰지 않으셔도 됩니다."

"소장님!"

헐레벌떡 뛰어 들어와 두 사람의 대화를 듣고 있던 인부가 슬쩍 눈치를 보다 끼어들었다.

"뭐라더라, 그 녹색인가 뭔가 하는 환경 단체 쪽 놈들이 주민들을 살살 긁어서 그런 거 아닙니까."

"어허, 자네!"

"네? 그게 무슨 말입니까?"

소장은 황급히 인부의 말을 끊으려고 하였지만, 수교는 자리에서 일어나 인부 쪽으로 몸을 돌렸다.

"그게 무슨 말입니까? 좀 더 자세히 이야기해주십시오."

"아, 뭐……. 저도 뭐라고 더 자세히 말하긴 어렵지만, 아무튼 주민들이 애초부터 저렇게 난리였던 건 아니니까요. 이게 다 그 녹색인가 뭔가 그놈들이 충동질해서라니까요."

"잘도 그런 쓸데없는 소릴……. 신경 쓰지 마십시오. 어차피 조금 지나면 잠잠해질 일입니다."

"아뇨, 그럴 순 없습니다. 이건 회사 이미지 차원에서도 그냥 넘어갈 문제가 아닙니다. 그 현장이 어딥니까? 당장 그쪽으로 가봅시다."

소장은 깜짝 놀라며 수교를 만류하고자 했지만, 수교는 아랑곳하지 않고 인부와 함께 현장을 찾아 나섰다.

"저쪽입니다."

인부가 말하지 않아도 달려가는 도중에 이미 멀리서부터 주민들의 구호가 들려오고, 머리 위로 들린 팻말들이 보였다.

"여러분, 진정하십시오."

"당신은 뭐야?"

수교는 적대적인 주민들의 반응에 당황했지만, 침착함을

유지하기 위해 일단 숨을 고르고 주민들에게 다가갔다.

"무슨 일인지 진정하고 말씀해주세요. 저는 이 현장 담당 본사 책임자입니다."

"뭐야, 이 양복쟁이는! 저리 꺼져."

수교는 순간 굳어지는 표정을 막을 수 없었다. 양복만 입고 일하다가 동네 아저씨 같은 사람에게 욕을 먹는 상황이 너무나도 불편했기 때문이다. 오기가 생긴 수교는 현장에 있던 확성기를 집어 들었다.

"삐-익"

갑작스러운 소음에 주민들은 이마를 찡그렸다.

"아, 아, 주민 여러분, 제 말을 잘 들어주시기 바랍니다. 이번 국제공항 공사는 이전의 공사와는 다릅니다. 이것은 국가 경쟁력의 핵심이 될 사업이기 때문에 정부에서도 특별히 소음 및 규제 상황에 대해 허가를 한 것입니다. 그리고 이미 갯벌 개발에 대한 권한도 가지고 있기 때문에 기존 건설 현장에서의 같은 방식의 클레임은 효력이 없을 것입니다. 이렇게 공사를 방해하지 말고 돌아가시는 것이 서로에게 좋을 것입니다."

수교의 차분한 설명에 주민들은 눈에 띄게 동요했다. 국가에서 이미 허가를 했으니 효력이 없다는 소리를 들으니 자신들이 조금이라도 받을 수 있던 보상을 못 받는 건 아닌지 걱정되었기 때문이다. 자신의 이야기에 사람들이 순식간에 어수선해지자 수교는 안도했다.

"흠……."

그러나 소장은 주민들이 모이는 것을 보고 어딘가 불편한 듯 헛기침을 했다. 초록색 띠를 두른 사람이 주민들을 불러 모아 무언가 이야기를 하기 시작한 것이다.

"저 사람은 누굽니까?"

그런 소장을 바라보던 수교 역시 궁금증에 물었다.

"아마 환경 단체를 이끄는 사람일 겁니다."

"그런데 왜 주민들을 불러 모으는 겁니까?"

소장이 대답할 시간도 없이 주민들은 다시 격렬하게 항의하기 시작했다.

"그래, 그렇게 나온다니 어디 한번 갈 데까지 가보자고!"

"환경 파괴 간척 사업 당장 중단하라!"
"중단하라! 중단하라!"

일이 마무리된 것으로 생각했던 수교는 당황하지 않을 수 없었다. 주민들은 더욱 거세게 항의하기 시작했다.

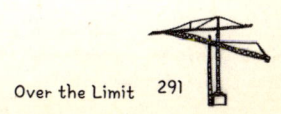

"저, 일단 사무소로 돌아가지요."

소장은 수교를 데리고 황급히 현장 사무소로 돌아갔다.

"이게 어찌된 일입니까?"

아직도 얼이 빠진 표정인 수교가 소장에게 물었다.

"아마도 환경 단체에서 주민들 쪽에 유리한 이야길 늘어놓았겠죠."

"유리한 얘기라뇨?"

"솔직히 이렇게 큰 규모의 공사에서 시위로 공사에 방해를 받아 공사 기간이 늘어나면 손해가 큰 쪽은 우리 쪽입니다. 도롱뇽 소송 때문에 몇 차례 공사가 중단된 전례도 있지 않습니까? 결국 우리 쪽에서 항복하고 나올 거라는 계산이죠."

수교는 입술을 지그시 깨물었다. 소장의 말은 사실이었다. 주민들의 항의로 공사 기간이 길어진다면 회사 입장에서는 상당한 손실을 입는다. 결국 다윗개발에서는 주민들의 요구를 들어주게 될 것이었다. 수교는 다시 머리가 아파왔다.

5

"저런 환경 단체들도 나름대로 경험이 풍부한 베테랑이니까요. 허허, 그러게 나서실 필요가 없다고 하지 않았습니까?"

"그게 무슨 말씀이십니까?"

"이런 문제를 해결하는 방법은 따로 있단 말이죠. 두고 보시죠."

소장은 전화를 걸어 누군가에게 상황을 간단히 설명하고 현장 사무소로 올 것을 부탁하였다.

"소장님, 부르셨습니까?"

"어, 너는!"

"아니, 아는 사이십니까?"

궁금함에 들어서는 사람의 얼굴부터 확인한 수교는 깜짝 놀랐다. 그는 수교와 입사 동기인 한강교였다.

"아직도 현장에 있는 거야?"

"나는 현장이 편해서 말이야. 아, 편해서 말입니다."

"허허, 이 친구가 없으면 공사 현장이 제대로 굴러가지 않을 겁니다. 이번에도 한번 맡겨 보시죠."

수교는 궁금증이 생겼다. 한강교는 연수 기간에도 그다지 눈에 띄는 성적을 거두지 못했던 사람이었다. 수교의 머릿속에도 오락 시간의 사회자로만 남아 있었다. 그런 사람이 도대체 어떻게 이 문제를 해결한다는 것일까. 미심쩍은 면이 없지 않았지만, 일단 지켜보는 수밖에 없었다.
"그럼, 잘 부탁합니다."
"믿어보십시오."
한강교는 자신 있는 걸음으로 현장 사무소를 나가 주민들이 항의하는 현장으로 향했다. 수교는 그 모습을 가까운 곳에서 보고 싶었지만, 그냥 자리를 지켰다. 자신이 따라갔다가는 오히려 역효과가 날 것만 같았기 때문이다.

'도대체 저 친구가 어떻게 해결한다는 거야? 나도 해결하지 못한 문제를?'

도무지 의심이 가시지 않는 수교와 달리 소장은 이미 문제가 해결되었다는 듯이 여유로운 표정이었다. 그런 소장의 모습에 수고의 의심은 더욱 커졌다. 도대체 소장에게 저렇게 믿음을 주는 녀석의 수완이란 무엇일까.

6

한강교는 흥분한 주민들이 시위를 벌이고 있는 현장에 도착했다. 그리고 맨 앞에 서 있는 다부진 체격의 주민 앞으로 다가가며 말을 걸었다.
"아이고, 어르신들 안녕하세요."
"넌 또 뭐야?"
맨 앞줄의 주민이 예민한 반응을 보이며 한강교의 멱살을 잡았다. 그 순간 그의 허름한 셔츠에서 힘없이 단추가 뜯겼고, 무게 중심을 잃은 강교는 다리가 꼬여서 땅에 넘어지고 말았다. 그 모습에 흠칫 놀라 조용해진 주민들에게 강교는 대뜸 사과를 시작했다.
"정말 죄송합니다. 제가 어제 술을 한잔해서……."
주민들은 수교와 달리 허름한 차림으로 연신 허리를 굽히며 사과하는 강교의 모습에 연민을 느꼈는지 순식간에 조용해졌다.
"정말, 여러분께 이렇게 폐를 끼치게 되어 어떻게 사과를 드려야 할지 모르겠습니다. 저희 쪽에서도 여러분의 피해를 보상하기 위한 방법을 백방으로 알아보고 있습니다만, 역시 부족한 것이 현실이지요."
"흠, 뭐 그렇게 생각하고 있다면야……."

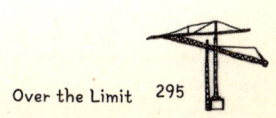

"그래서 오늘은 제가 직접 여러분들께서 어떠한 보상을 원하는지 들어보려고 나왔습니다. 그동안 생각했던 것들을 편안하게 말씀해주세요."

강교의 말에 주민들은 웅성거리기 시작했다. 서로 의견을 조율하느라 여러 말들이 오갔다. 마침내 강교의 멱살을 잡았던 맨 앞자리의 남자가 말을 시작했다.

"우리야 뭐, 공사 때문에 시끄럽고 하니까 불편한 거지. 환경 단체들 말을 들으니, 환경도 오염된다고 하고……. 뭐 어쨌든 우리도 이렇게 앉아서 손해만 보고 있을 순 없는 것 아니겠소? 적당한 보상만 해준다면야……."

"그렇군요. 여러분들의 가장 큰 요구 사항은 소음으로 인한 피해를 적절하게 보상받았으면 한다는 것이군요. 그럼, 구체적인 협의를 위해서 제가 직접 주민 대표분들과 이야기를 나눠보고 싶습니다."

주민들은 다시 한 번 웅성거리더니 이야기를 시작한 남자를 포함하여 나이가 지긋해 보이는 세 명의 대표를 뽑았다. 강교는 그들과 함께 현장 사무소의 회의실로 돌아왔다.

"자, 일단 여러분들께서 겪은 피해 상황을 저에게 이야기해주시지요."

주민들은 강교의 말에 자신들의 상황을 적극적으로 설명했다. 강교는 고개를 끄덕이며 그들의 이야기를 주의 깊게 들었다.

"여러분들 마음 다 이해합니다. 저도 갯벌 생태계가 파괴된다는 사실에 마음이 아픕니다. 그리고 무엇보다 제 어머님, 아버님 같은 어르신들이 소음으로 인해 겪는 고통에 마음이 아픕니다."

자신들의 이야기를 진지하게 듣고 깊은 공감을 표시하는 강교에게 주민들은 호감을 가지기 시작했다. 이렇게 공감대를 형성한 강교는 자신의 이야기를 시작했다.

"그렇지만, 영종도는 국제공항으로 이보다 더 적합한 곳이 없을 정도로 완벽한 조건을 갖춘 곳입니다. 안개와 바람 등 기상 요소도 나무랄 데 없구요. 요즘과 같이 어려운 경제 속에 이 공항은 아시아 허브 공항을 지향하는 물류 중심의 국제공항이 될 것입니다. 그렇게 된다면 과거에 우리가 이루어낸 기적과도 같은 경제 부흥을 다시 이루는 것도 불가능한 일이 아닙니다."

주민들은 어느새 강교의 이야기에 빠져들고 있었다.

"여러분이 겪으시는 고통을 저도 모두 이해합니다. 갯벌을 터전으로 살아오셨기에 여러모로 섭섭하시겠지요. 생활에 타격이 있지 않을까 걱정되실 테고요. 그런데 지금

비록 여러 가지로 고생스럽더라도, 이 공항이 완성되면 국가적으로 큰 이익이 될 것입니다. 물론 여러분들에게도 반드시 적절한 보상을 해드릴 것을 약속드립니다. 그냥 지금의 상황만 생각하지 마시고, 여러분들의 자식, 손자 세대까지 잘 살 수 있는 기반을 만든다고 생각하세요. 사람 일에 어디 품 안 들이고 할 수 있는 게 있습니까. 이 국제공항이 제대로 완성되기 위해서는 건설사인 저희들의 힘만으로는 부족합니다. 주민 여러분들께서 마음을 모아주셔야 가능합니다. 그런 의미에서 저는 무엇보다 주민 여러분들의 자발적 동의와 지지를 얻고 싶습니다."

주민들은 강교의 이야기를 듣고 동요하는 듯했다. 무엇보다 강교가 주민들의 요구를 일방적으로 묵살하는 것이 아니라 그 나름대로 고충을 이해하려 하는 것이 마음을 움직였다.
"음, 그럼 이 친구를 믿고 그만 나가보도록 하지. 이런 중요한 공사를 우리가 방해해서 쓰나?"
주민 대표 중 가장 나이가 지긋해 보이는 사람이 헛기침을 하며 이렇게 말하자, 나머지 사람들도 군말 없이 자리에서 일어섰다.
"여러분, 정말 감사드립니다. 여러분의 소음 피해를 최소

298 테미스

화하기 위해 최신 시설들을 제가 여러모로 알아보고 있으니 조금만 기다려 주시기 바랍니다. 그리고 주민 여러분들의 희생에 대한 보상은 제가 책임지고 처리하도록 하겠습니다."

강교는 몇 번이고 허리를 굽혀 그들에게 감사 인사를 전했다. 주민 대표들은 강교의 등을 두드리며 공사를 열심히 하라고 격려까지 해주고 떠났다.

ㄱ

강교는 여기서 그치지 않았다. 그는 혹시나 동네 주민들의 마음이 변할지 몰라 아주 세심하게 행동했다. 필요한 물건은 항상 현장 앞의 슈퍼마켓에 들러서 샀고, 식사도 현장 근처의 식당에서 번갈아 가며 먹었다. 이렇게 주민들과 유대를 쌓아가는 동안 공사는 차질 없이 진행되고 있었다.

"어르신, 저 왔습니다!"

"아이고, 어서 들어오게."

특히 강교가 자주 찾아간 곳은 현장 근처의 노인정이었다. 강교는 노인정의 어르신들을 집중적으로 공략했다.

"요즘도 공사 때문에 많이 시끄러우시죠?"

"허허, 그래도 다 나라에 좋은 일이라는데 우리가 참아야지 어쩌겠나? 다 자네 같은 젊은이들이 애써서 하고 있는 일인데."

"어르신들께서 그렇게 이해해주시니 얼마나 감사한지 모릅니다. 그래서 오늘은 이걸 좀 준비했는데……"

"아니, 이건 노래방 기계 아닌가?"

"적적하실까 봐 가져왔습니다. 공사 때문에 시끄럽고 그럴 때 큰 소리로 노래라도 한 자락 하시면서 보내시라구요."

"아이고, 이렇게 마음을 써주다니 고마워서 어쩌나."

"무슨 말씀이십니까. 그럼 제가 먼저 한 곡 부르겠습니다."

강교는 자주 어르신들을 찾아뵙고, 막걸리도 따라드리며 이야기를 나누었다. 자식들이 떠나고 홀로 남은 어르신들은 그런 강교에게 칭찬을 아끼지 않았다.

강교는 기술적인 사항을 설명하거나 회사의 방침을 내세우지 않았다. 주민들과 유대감을 형성하고, 감정적인 면에 호소하는 데 주력하였다. 대부분 나이가 지긋한 지역 주민들은 이러한 강교에게 호감을 느끼고 그의 말에 적극 협력하기에 이르렀다.

주민들의 여론이 돌아서자 환경 단체에서는 조급해졌다.

그들은 정부가 공사를 이미 승인한 상황에서 본인들의 시위는 힘이 없다는 것을 알고, 자신들이 직접 나서는 대신 주민들을 앞세웠기 때문이다.

"여러분, 지금 이렇게 물러나면 우리 후손들에게 아름다운 환경을 물려줄 수 없게 됩니다. 이대로 가면 갯벌은 모두 사라지고 맙니다. 여러분도 이런 문제점을 충분히 인식하고 계시지 않았습니까?"

"뭐……. 우리도 그렇게 생각했었지만, 그렇다고 저렇게 중요한 공사를 방해해선 안되지 않겠소?"

"하지만……."

"우린 이미 다윗개발 그 친구를 통해서 협력하기로 결정했으니, 이제 그만 찾아왔으면 좋겠소이다."

환경 단체에서는 다시 주민들을 설득하여 시위에 나서려고 하였으나 이미 강교에게 호감을 느낀 주민들은 한사코 환경 단체의 제의를 거절하였다. 환경 단체에서는 급변한 상황에 당황하고 있었다. 강교는 그런 환경 단체마저도 설득하고자 나섰다.

"선생님, 저도 이 단체에서 하고자 하는 중요한 뜻에 깊이 공감하고 있습니다. 저도 갯벌 생태계가 파괴되는 것을 당연하게 여기는 것은 아닙니다."

"그렇다면 당장 공사를 중지하면 그만 아닙니까?"

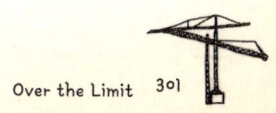

"하지만, 이미 정부에서 시행한 공사입니다. 이미 들어간 예산과 책정된 공사비는 천문학적인 액수입니다. 그리고 이 공사는 세계 최고 수준으로 계획되어 전 세계적으로 주목받고 있습니다. 과연 말씀하시는 대로 공사를 당장 중지하는 것만이 최선의 방법일까요. 갯벌을 두고 환경이 먼저인지, 개발이 먼저인지를 따지는 것은 이 자리에서 결론이 나지 않을 것입니다. 가치 판단의 문제이니까요. 다만 이렇게 반대가 계속되면 공사가 지연되거나 중지될 것이고, 그렇게 되면 결국 공사 계획에 차질이 생겨 인적·물적으로 엄청난 낭비가 예상됩니다. 그리고 아시겠지만, 이 공사에 들어간 돈은 모두 국민의 혈세입니다. 더 이상 공사가 지연되어 혈세가 낭비되지 않아야 된다고 생각합니다. 또한 이 정도의 큰 공사를 시행하다가 중단이 된다거나 하면 국가 이미지에도 좋지 않습니다."

"흠……"

"저희도 무조건 저희 의견만 내세우진 않겠습니다. 저희도 환경오염을 최소화하는 공법을 찾아보고 비용 측면에서 손해가 발생하더라도 우선적으로 검토하겠다고 약속드리겠습니다. 그리고 자연 보호 시설이라든가 보존 시설 등을 설계에 최대한 반영하겠다고 약속드립니다. 지금 저희 의견을 받아들이신다면, 추후에 그 약속이 어떤 방식으로 진행될 것인지에 대해 별도의 보고를 드리도록 하겠습니다. 저희는 시설의 공사에도, 환경의 보존에도 최선을 다하고 싶습니다."

"흠······."

"선생님!"

"그렇게까지 말씀하신다면 일단은 저희로서도 받아들이는 수밖에 없군요. 알겠습니다. 하지만 방금 제시하신 보존 조치들을 성실히 이행해주셔야 합니다. 그렇게만 해주신다면 저희도 관심을 가지고 지켜보겠습니다."

"네, 감사합니다. 최선을 다하겠습니다!"

강교는 주민들과 환경 단체의 요구 사항을 정리해 수교에게 전달했고, 이러한 활약 덕분에 토목공사는 순조롭게 진행되었다. 소장으로부터 모든 문제가 해결되었다는 보고를 받은 수교는 그제야 답답했던 속이 뚫리는 기분이 들었다. 그리고 잠시나마 강교를 무시했다는 사실이 부끄러웠다.

'도대체 어떻게 문제를 모두 해결한 거지? 나중에 그 녀석을 찾아가서 소주라도 한잔 사면서 물어봐야겠어.'

수교는 잔뜩 쌓인 서류를 보면서도 웃음이 나왔다. 머릿속에는 이미 완공된 인천 국제공항이 그려지고 있었기 때문이다.

Epilogue

/

"역시 공항 입찰 건이 크긴 컸나 봐요? 이렇게 단번에 팀장으로 승진도 하고."

"회사에서도 이례적인 일이라고 하긴 하더라고. 운이 좋았지 뭐. 나중에 알고 보니까, 건교부 장관이 우리가 예측했던 결과에 대한 기사들을 보고 호감을 가지고 있었대. 그래서 재입찰 때 우리가 제출한 기획안에도 가산점을 줬고. 텔레비전에서 본 인상은 싱딩히 안 좋아 보였는데 말이지, 하하하."

"그러니까 사람을 겉모습만으로 판단하면 안 되는 거라구요."

"그러게 말이야. 도희 너도 처음에 얼마나 쌀쌀맞아 보였는지 알아? 지금은 이렇게 곁에 있지만. 하하하."
"뭐예요? 선배는 만날 그 얘기야."
수교는 새치름해진 도희의 표정을 바라보았다. 그동안 인천 국제공항 시공 현장을 들락거리느라 가져보지 못했던 모처럼의 달콤한 휴식이었다.
"알았어, 알았어. 그 표정은 여전히 무섭단 말이야. 우리 어디로 갈까?"
"늘 가던 데죠 뭐."
도희는 익숙한 걸음으로 학교 근처의 호프집으로 향했다. 뒤따르던 수교는 문을 열자마자 구석 자리에 혼자 앉아 술잔을 기울이고 있는 영웅을 발견했다. 도희는 마치 못 볼 사람을 본 듯한 표정으로 수교를 데리고 나가려고 했다.
"맞아, 전에 해운대에서도 궁금했던 건데, 도대체 나영웅이랑은 그때 어떻게 된 거야? 소문으로는 그녀석이 도희를 많이 따라다녔다고 하던데."
"글쎄요, 지나간 얘기는 그다지 하고 싶지 않네요."
"나영웅 그 녀석, 공부밖에 모르는 녀석이긴 하지만 이 바닥에선 능력 있다고 소문난 놈인데. 내가 좋아하는 녀석은 아니더라도 그렇게 이상한 녀석도 아닐 텐데?"

"흥. 그래서 어쩌라구요. 지금이라도 만나라는 얘긴가요?"

"아니, 아니, 그런 건 아니야~ 절대 아니야."

"흥, 무슨 상관이에요. 선배야말로."

"아니, 난 그냥 도희가 영웅이랑 진짜 어떤 사이였는지 궁금하기도 하고, 그리고 저기……."

"하여간 싫다는데도 스토커처럼 만날 쫓아오고, 시도 때도 없이 전화하고. 있던 정도 달아날 지경이었어요."

"하하하!"

"왜 웃어요?"

"아마 저 녀석 연애라곤 해본 적이 없어서 그랬을 거야. 그게 벌써 몇 년 전 일이야? 지금은 나랑 같이 있으니까 걱정 말고 따라와."

도희는 아직 꺼림칙한 눈치였지만, 수교는 그런 도희를 달래서 영웅과 합석하기로 했다.

2

"야, 혼자 궁상맞게 뭐하고 있냐?"

영웅은 그제야 고개를 들어 두 사람을 바라보았다. 그러나 이내 말없이 다시 술잔만 기울였다. 수교는 도희를 자리에 앉히고 자신도 그 옆에 앉았다. 그리고 스스로 술을 따르려는 영웅에게서 술병을 빼앗아 그의 잔을 채웠다.
"뭐야, 회사에 전화해도 자리에 없다더니만 여기서 이러고 있는 거냐?"
영웅은 여전히 말없이 술만 마시고 있었다. 그런 영웅을 바라보던 수교는 도희의 잔과 자신의 잔에도 술을 따랐다.
"왜? 내가 이러고 있는 꼴 확인하려고 찾아다녔냐?"
"야, 내가 그렇게 한가한 줄 알아? 뭐하려고 너 같은 놈을 찾아다니냐?"
"그래? 난 또 대단하신 성 팀장님께서 나 같은 실패한 인생을 보고 싶어 하시나 했지."
"뭐? 실패? 하하, 이 자식 웃기네."
"뭐가 웃기다는 거야?"
"너 지금 고작 그거 하나 가지고 실패니 뭐니 운운하는 거야?"

"뭐 고작 그거? 너는 그게 나한테 얼마나 큰 의미인지 알기나 해?"

영웅은 금방이라도 한 대 칠 듯이 덤벼들었다. 그러나 수교는 그런 영웅에게 감정적으로 대응할 생각이 없었다.

"그래, 알고 하는 소리다. 네가 지금 이러고 있을 정도면, 나는 맥주 공장을 통째로 들이마셔도 시원치가 않았어. 내가 그동안 어떤 시간을 보냈는지는 너도 잘 알 거 아냐?"

영웅은 다시 말없이 술잔만 기울였다. 그도 수교의 과거를 잘 알고 있다. 아니, 누구보다 관심을 가지고 지켜보았다고 해야 옳을 것이다. 수교의 연속된 실패를 바라보면서 은근히 자신이 승자라고 생각하기도 했으니까.

"근데, 나는 이제 하나의 결과를 놓고 실패니 성공이니 논하는 건 그만두기로 했다."

무슨 소리냐는 듯 영웅은 수교를 물끄러미 바라보았다. 도희도 수교를 빤히 보고 있었다.

"웃기잖아. 생각해보면 우리 일도 그래. 공시가 이디 하루 이틀 결과 가지고 잘되고 마는 일이야? 전체를 봐야 하는 거잖아. 우리 인생도 마찬가지 아냐?"

"……"

"이걸 좀 더 빨리 알았다면 좋았겠지만 말이야, 지금이라도 깨닫게 된 걸 아주 감사하게 생각한다. 이번에 성공했다고 해도, 살면서 또 입찰에서 탈락하고 수주에 실패하는 일이 생기겠지. 하지만 더 이상 그런 일로 좌절하진 않을 거야."

"……"

"회사에 너랑 한잔할 동료도 없냐?"

"뭐, 굳이 함께 마실 필요를 못 느끼는 거지."

"녀석. 그럴 사람이 없는 건 아니고?"

"네 말이 맞아. 언제부턴가 주위를 둘러보니 다들 나한테서 멀어져 있더군. 너무 일만 했어. 내가 일을 멋지게 해내고 성공하면 주위 사람들도 나와 잘 지낼 줄 알았는데 그게 아니더군. 다들 날 어렵게만 생각하더라고."

자신의 앞에 놓인 잔을 순식간에 비운 영웅이 어렵게 말을 꺼냈다.

"훗. 어련하겠냐. 네 성격에 맞추는 게 쉬운 일은 아니니까."

"그러게. 내가 너무 일만 생각하느라 주위 사람들을 동료로 생각 못한 게 아닌지 후회가 되네."

"그래. 학창 시절에도 넌 다른 사람이 해오는 일을 믿지 못했지."

"……"

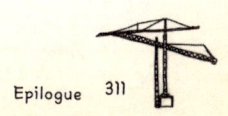

"아, 너도 교수님 한번 찾아가봐라. 안 그래도 교수님이 간혹 네 이야기를 하시는데, 가서 말씀 좀 듣고 와. 너는 나보다 똑똑한 녀석이니까 아마 이해도 더 빠를 걸?"
"교수님……. 나도 그 생각을 해보지 않았던 건 아닌데…… 왠지 좀 쑥스러워서."

3

"아, 그 전에, 내가 중요한 거 하나 알려줄게. 너 보기가 안쓰러워서 그런다."
"뭐야?"
"내가 요새 연구하고 있는 건데……."
수교는 도희의 펜을 가지고 뭔가 그리기 시작했다.
"애정은 처음에 상대의 외모나 이미지 등을 접하며 형성되지. 뭐 한눈에 반한다든가 그런 것도 있잖아."
영웅과 도희 모두 수교의 다음 이야기를 기다렸다.
"다음엔 추억을 통해서 애정이 쌓여간다고 볼 수 있어. 아, 물론 이렇게 쌓인 애정이 시간이 지나면서 건전지처럼 방전되기도 하지. 따라서 함께하는 시간들을 통해서 다시 충전해줘야 해."

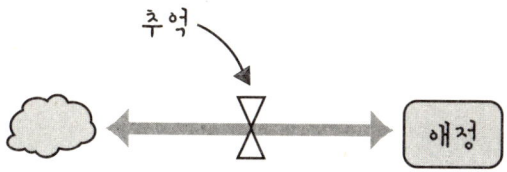

"음. 맞는 말 같군."

영웅도 동의하였다.

"그럼 그 추억은 어떻게 형성되겠어?"

"글쎄, 계속 이야기해봐."

"난 이렇게 생각해. 만남이 많아지면 추억도 많이 생기고, 그만큼 애정도 더 커져서 만남이 다시 많아지는 거라고. 이런 게 일반적인 커플들이 첫 만남에서 100일까지 겪는 과정일 거야. 단, 추억은 두 사람이 서로에게 애정을 품은 상태에서 만날 때 형성되지."

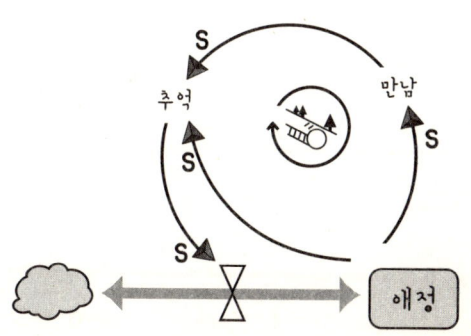

Epilogue

"만약 이게 자연스럽지 않은 만남, 즉 애정이 충분치 않는 상태에서의 만남이라면 어떨까? 분명히 다툼이 생길 거야. 한쪽에 의해 강요된 만남이라 해도 마찬가지일 테고. 이렇게 다툼이 많아지면 애정이 줄어들고, 애정이 줄어들면 다시 다툼이 많아지지. 따라서 애정이 부족할 때의 만남은 오히려 다툼만 늘게 하는 거야. 어때? 애정이 많이 쌓이고 나서야 만남을 많이 가지는 게 좋겠지?"

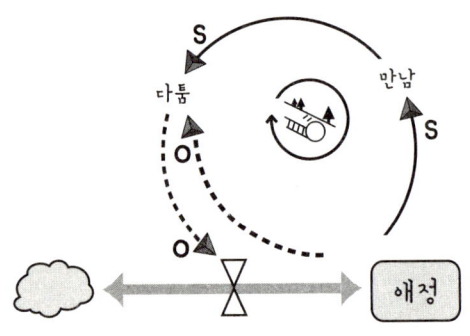

"그리고 왜 사람을 자꾸 만나다 보면 내가 뭔가를 제공했으니 상대도 그만큼은 해줘야지 하는 생각에 기대감을 품잖아. 사람마다 표현의 방법이나 정도가 다른 데도 말이야. 이런 기대를 너무 크게 가지면, 상대의 애정이 늘 부족하다는 생각이 들어. 그래서 다툼이 더 자주 발생하지."

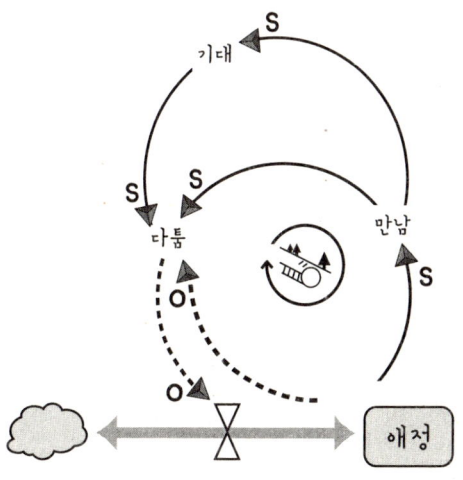

"하지만 관계라는 게 그렇게 단순하지만은 않아. 많이 만날수록 서로를 더 잘 이해하게 되기도 하니까. 서로를 이해하는 만큼 다툼은 줄어들지. 다툼은 기대와 이해의 차로 나타낼 수 있어. 기대하는 만큼 더 다투고, 이해하는 만큼 덜 다투는 거야. 그러니까 서로를 이해할 시간을 충분히 가지고, 소중한 개성을 인정하면서 기대감을 낮추는 게 중요하다는 이야기야. 그런 게 바로 균형 감각 아니겠어?"

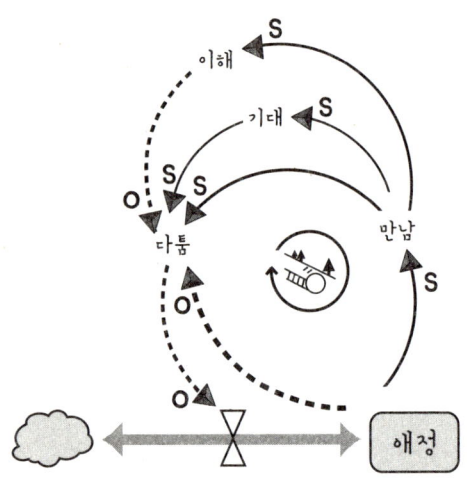

영웅은 얼굴을 붉히며 수교의 이야기를 경청하고 있었다. 마침내 조용히 고개를 끄덕이는 영웅을 보며 도희는 빙긋 웃었다.

"이제야 여자의 마음을 조금씩 알아나가는 모양이네요? 호호호."

영웅은 그런 도희를 보며 쑥스러운 듯이 잔에 맥주를 따라주었다.

"도희, 넌 여전하구나. 언제나 당당하고 똑똑한 네 모습이 정말 매력적이었는데……."

"아니, 아니, 이거 나영웅 또 다시 시작하려는 거냐?"

"뭐? 야 성수교! 너 지금 뭐라고 했어? 남의 순정에다 막말할래?"

"야, 나영웅, 너 각오 단단히 해라. 나 이제 예전처럼 네게 지기만 하는 성수교 아니거든? 도희에게 치근덕대지 마~"

"둘 다 됐거든요? 두 분 저쪽 가서 좀 싸우실래요? 전 좀 조용히 맥주를 마시고 싶네요."

도희의 반응에 영웅과 수교는 함께 웃음을 터트렸다. 도희도 두 남자를 보며 어이없어하다가 같이 웃음을 터트렸다. 기분이 좋아진 수교는 앞에 놓인 맥주잔을 가득 채우더니 건배를 제의했다.

"뭐, 이것도 다 교수님의 가르침이지! 이제 새로운 시작이다. 자, 건배나 합시다!"

영웅과 도희도 기분 좋은 표정으로 함께 잔을 들었다. 세 사람의 맥주잔이 경쾌한 소리를 내며 부딪쳤다.

"테미스!"

테미스

펴낸곳 서울대학교출판문화원
펴낸이 오연천
지은이 박문서

초판 1쇄 발행 2010년 6월 17일
초판 2쇄 발행 2011년 1월 5일
출판등록 제15-3호

주소 서울 관악구 관악로 599 우편번호 151-742
대표전화 02-880-5252 **팩스** 02-888-4148
마케팅팀(주문상담) 02-889-4424, 02-880-7995
이메일 snubook@snu.ac.kr
홈페이지 www.snupress.com
영문홈페이지 eng.snupress.com

ⓒ박문서·2010
저자와의 협의하에 인지는 생략합니다. 잘못된 책은 바꾸어 드립니다.
이 책의 무단 전재나 복제 행위는 저작권법 제98조에 따라 처벌받게 됩니다.

ISBN 978-89-521-1089-3 03810